illustration／NAZUKI KOHJIMA

LAPIS LABEL

ナイショの時間

Story by Kyohko Wakatsuki

若月京子

イラストレーション／こうじま奈月

CONTENTS

※本作品の内容はすべてフィクションです。

★
★
★

双子の兄として生まれた下条樹《しもじょういつき》は、現在のところ高校二年生だ。もっともすでに三学期も後半に入っているところだから、あと一ヵ月もすれば三年生に進級することになる。大学まである一貫校という恵まれた環境の中で、落第しない程度に勉強をして毎日元気に過ごしていた。

双子の弟である葉《よう》も当然のことながら同じ高校で、それぞれの性格に合った友人を作っての満ち足りた生活だ。

樹と葉は、さすがに一卵性《いちらんせい》だけあって顔の作りが似ている。

だが似ているのは作りだけで、浮かべる表情がまったく違う。だから二人と知り合った人間で、兄と弟を取り違えることはほとんどなかった。

一卵性といっても、二人はまるで性格の違う…だが、実に仲の良い双子だった。

「あーあ…よく寝た……」

樹は大きなアクビをしながら、トントンと階段を下りていく。

試験休みの期間は激しく寝坊するのが常で、この日も昼近くまで眠っていたのだが、空腹に耐《た》えきれなくて起きてきたのである。

いくらのんびりした一貫校だとはいっても、試験はある。もちろん成績しだいでは進級できないことだってあるのだ。

普段は家でほとんど勉強をしない樹も、さすがにこのときばかりはしゃかりきになって机に齧《かじ》りつく。ほぼ一夜漬けに近い状態で試験に臨《のぞ》んでいる。

期末試験は四日間、十教科。

普段から予習と復習を欠かさないような真面目な人間ならともかくとして、樹のように目前《もくぜん》になってからようやく焦《あせ》るタイプにはなかなかハードな日程だった。

それでも息も絶《た》え絶えになりながら試験をなんとか終えると、楽しい試験休み、そして春休みが待っている。あとは試験の結果を受け取ったり、終業式などで三日か四日登校すればいいことになっていた。

だからこの試験休み期間は、思いっきり惰眠《だみん》を貪《むさぼ》ることにしている。

昼までゆっくり眠ってから友達と遊びに出かけるか、家にいるときはゴロゴロとゲームや雑誌を見て過ごし、母親代わりに育ててくれた住み込みの家政婦である高子《たかこ》におやつを作ってもらって食べるといった具合だ。

「高子さ～ん。ご飯～」

「はいはい。もうお昼ですよ。まったく、よく寝ますねぇ」

「ようやく試験終わったんだから、いいじゃん、少しくらい寝坊しても」

「そうなんですけどね」

そんな会話をしながらも、フライパンからジュウジュウといういい音と匂いが漏《も》れてくる。パタパタと忙しく動き回る高子を手伝って、樹も自分の茶碗や飲み物を用意したりして万全《ばんぜん》の態勢で料理が出来上がるのを待つ。

やがて現れたのは、樹の好物のハンバーグだ。樹のリクエストもあって、週一回はテーブルに載《の》るメニューである。

「美味《おい》し〜い。高子さんのハンバーグ、最高♥」

試験も無事に終わり、追試もなさそうだという予想の下、なんの憂《うれ》いもない樹はあくまでも呑気《のんき》だ。ニコニコしながら、せっせと箸を進めている。

しかしそれとは対照的に、葉にはいろいろとやることがあるらしい。

高校では生徒会の副会長を務《つと》めているので、年度が変わる三学期はひどく忙しいようだ。せっかくの試験休みだというのに、制服を着込んで学校に行っている。

おまけに時間があるときには父に仕事を教わったりもしているため、葉は見ていて気の毒になるくらい動き回っていた。

同じ双子でありながら、樹が毎日昼近くに起きて怠惰《たいだ》に過ごしているのに対し、葉は毎朝七時には起床《きしょう》して、夕方…ときには夜遅くまで動き回っているのだからずいぶんと差があるものだった。

昼食を終えた樹は、リビングで録画したまま増えていく一方だったテレビ番組を見始める。そしてそのままだらけた午後を過ごした。

「ただいま……」

「おかえり～」

おやつに作ってもらったドーナツを齧りながら樹が振り返ると、葉は疲れた表情でドサリとソファーに座り込んだ。

いつもの葉らしくない様子である。

樹はドーナツを皿の上に置いて、葉の顔を覗《のぞ》き込む。すると葉の頬は妙に紅潮《こうちょう》していて、息遣いも荒かった。

「葉？　顔色が悪いぞ」

「……そう……？」

答えるその顔にも精彩《せいさい》がない。

「お前、熱があるんじゃないの？　いつものあれ、そろそろきてもおかしくない頃じゃないか？」

「……」

樹の言う、「いつものあれ」とは、葉がなんの前兆《ぜんちょう》もなしにいきなり熱を出して寝込むことだ。

葉は生真面目《きまじめ》な性格をしているので、毎日を隙《すき》なく緊張《きんちょう》して生きている。そのせいか無意識の疲労《ひろう》が溜《た》まり、年に一、二度、高熱を出して寝込んでしまうのだ。

風邪ではないので二日も寝ていれば治るから、一種の恒例《こうれい》行事のようなものとして樹たちは受け入れ、むしろ普段気を張りすぎている葉のガス抜きとして歓迎していた。

樹はボーッとしている葉の額に掌《てのひら》を当て、その熱さに驚く。

「うわっ…やっぱり。お前、熱あるぞ」

「うっ……」

さすがに自分でも自覚症状《じかくしょうじょう》はあったらしい。

葉は他人に弱みを見せるということを極端《きょくたん》に嫌う傾向《けいこう》にあるから、ここまでは意地と根性《こんじょう》でなんとか持たせてきたのだが、家に辿《たど》り着いた途端《とたん》に気が抜けたというところかもしれない。

「大丈夫…じゃないよなぁ。どう見ても。でも、今夜は赤目《あかめ》家のパーティーだろ？　どうするんだ？」

「い、行く……」

「行くって…無理だろ、この状態じゃ」

「大…丈夫…行ける」

「無理無理。そんな真っ青な顔して、なに言ってんだ」

実際、葉は紅潮と蒼白《そうはく》を何度も繰《く》り返している。熱と寒気が代わりばんこに襲《おそ》ってきているようだ。

かなり体調が悪いにもかかわらず、葉がそんなにも無理をしてパーティーに出ようというのには理由がある。

樹たちの父親は中堅《ちゅうけん》どころの会社の社長をしている。不況《ふきょう》にもかかわらず業績《ぎょうせき》は好調《こうちょう》で、安定した優良企業である。

だがそれというのも親会社がしっかりしているからで、下条家の主筋に当たる赤目家が主催《しゅさい》するパーティーは非常に重要だった。

樹はよく知らないのだが、遡《さかのぼ》れば江戸時代だか室町時代だかから、両家の主従《しゅじゅう》関係は続いているらしい。

もちろん昔と違うから、無条件で平伏《へいふく》といった感じではない。けれど、それでも樹の父には赤目家に対する忠誠心《ちゅうせいしん》にも似たものが根強く残っているのが見て取れた。

赤目の総師《そうすい》に対しても深く畏敬《いけい》の念を抱《いだ》いているらしいのだが、実は樹は長男にもかかわらず、赤目家の人間と会ったことがない。

樹自身の意向《いこう》や双子の性格の違いから、父親の跡《あと》を継《つ》ぐのは葉に決まっているし、堅苦《かたくる》しい年始の挨拶《あいさつ》などももっぱら葉に任《まか》せきりだったのである。

父もそれを咎《とが》めることはなかった。どちらかと言うと、来なくてもいいという態度だった気がする。

しかしだからといって樹が疎《うと》まれているとかそういうことではなく、むしろ溺愛《できあい》に近い愛されようだった。

母はいなくても、父と弟が疑いようのない愛情を注《そそ》いでくれている。だから樹は伸び伸びと甘やかされて育つことができた。

樹はニコニコと笑い、楽しそうに言う。

「パーティーなら、オレが行ってやるから安心しろ」

「……は？」

「オレが行ってやるって言ってんの。ほら、オレってば一応、長男だし。うちの跡継《あとつ》ぎはお前に任せちゃってるけど、たまにはオレもパーティーくらい出ないとな♪」

「ダ、ダメだ！」

葉は目をカッと見開いてガバリと立ち上がったかと思うと、すぐにまた膝から崩れ落ちてソファーに凭《もた》れかかる。

「い…樹を行かせるくらいなら、ボクが……」

「なに言ってんだよ。そんなに熱があるくせに。もう、だるくって、座《すわ》ってるのもやっとなんだろ?」

「うう～っ」

葉の喉《のど》から小さな唸《うな》り声が漏れる。ソファーの肘掛《ひじかけ》を掴《つか》んだ指先は白く、小刻《こきざ》みに震《ふる》えていた。

相当具合が悪いのは明白《めいはく》なのに、それでも葉は口元に無理やり笑みのようなものを作って平気だとアピールする。

いくらがんばってもろくに立てもしないのだから、パーティーに行くことなど不可能だった。

「はい、部屋に行って、寝ろ寝ろ」

樹は葉に肩を貸して立ち上がらせると、背中をグイグイと押して葉の部屋へと押しやる。そして着ていた制服をパジャマに着替えさせ、そのままベッドに押し込んだ。

「う～ん……」

いざ横になってしまうと、葉はぐったりとする。息遣いはいかにも苦しそうなもので、胸が大きく上下していた。

「今、熱さましの薬、持ってきてやるからな」

「うう～ん……」

葉の意識はすでに朦朧《もうろう》としているらしく、目が虚《うつ》ろになっている。いつものこととはいえ、やはり高熱は苦しいらしい。

樹は慌ててリビングに取って返すと、棚の中の救急箱から熱さましの薬を掴む。そして水差しとコップをトレーに載せ、葉の部屋に戻った。

「葉、薬飲ませるぞ。ほら、口開けて」

「う～っ」

返事は呻《うめ》き声だ。葉の場合、熱は出始めが一番つらいらしい。

樹は水と一緒に薬を飲ませ、喉が渇《かわ》いたときにいつでも飲めるよう、水差しとコップをベッドサイドのテーブルに置く。

それからそのまましばらく付き添っていて、葉が完全に眠りに就《つ》いたのを確認してから部屋を出た。

その足取りは弾《はず》んでいる。

頭の中はこれから行くパーティーへの期待でいっぱいで、どうにも浮き浮きした気分が抑えられなかった。

「さーてと。シャワー浴《あ》びて、スーツ着て。もう、あんまり時間ないじゃん。髪は撫《な》でつけたほうがいいかな〜？　それとも、ムースでツンツンにしてみたりとか？　う〜ん、でも、赤目のパーティーでツンツンはまずいか……」

葉が苦しんでいるのに浮かれるのは不謹慎《ふきんしん》だが、葉の熱は毎年の恒例行事なのでそんなに心配する必要はない。二、三日…短いときには一日ベッドでおとなしくしていれば、あとはケロリとしたものだった。

「さっ、シャワー、シャワー♪」

自室に戻って着替えを掴み、二階にある浴室へと入る。

さすがにゆっくり湯船に浸《つ》かっている余裕《よゆう》はないので、手早く髪と体を洗うとととと出てしまう。

タオルで体を拭《ふ》いて服を着込み、ドライヤーを使って髪を乾《かわ》かした。

樹は終始《しゅうし》ご機嫌《きげん》だ。実に楽しそうな様子でフンフンと鼻歌を歌い、ニコニコしながら髪を梳《と》かす。

浴室から出たところで、掃除機を持った高子の姿を見つけた。

「あ、高子さん。葉、例のやつで寝込んでるから、パーティーにはオレが行くね。一度、行ってみたかったんだ」

「お父様に怒られますよ」

「怒られる筋合いないもんね〜。葉の代理として長男のオレが行ってやるのに、どうして怒られなきゃいけないんだよ」

「それはそうですけど……」

まだ何か言いたそうにしている高子に、樹は口をへの字にした厳しい表情で、断固《だんこ》たる決意を告げた。

「行くったら、絶対に行くんだ。だってさ、赤目のパーティーだよ？　すごく盛大《せいだい》なはずだし、ご飯だって絶対豪華《ごうか》だと思わない？　もしかしたら芸能人だっているかもしれないし。ま、お父さんも葉も、ジジババばっかりだって言い張るんだけどさ。なんか、ちょっとムキになりすぎてて怪《あや》しいんだよね」

二人とも、どうも樹には赤目家のパーティーに出て欲しくないらしい。常の二人らしくなく、妙に慌てながら、パーティーといってもビジネス関係だし、堅苦しくつまらないということを強調するのだ。

もし本当にそうだったとしても、それならそれでご馳走《ちそう》を楽しみにすればいい。高子の作る料理は非常に美味しいのだが、さすがにキャビアやトリュフといった類のものは食卓に上らない。

高子はそんな樹に対し、小さく溜め息を漏らしていった。

「……よろしいですけど、私がお諫《いさ》めしたことは忘れないでくださいね。お父様に叱《しか》られても、助けませんからね」

「いいもん、別に。怒られる筋合いないって言い張るから」

「聞きますかしら？」

「そこら辺は、意地の張り合いだよね。お父さんも頑固《がんこ》だからなぁ。ま、その点はオレも負けないけど」

「親子ですねぇ」

「オレとお父さん、あんまり性格似てないんだけどね。葉が、お父さんにそっくりだと思わない？　あの二人、考えることほとんど一緒っていう気がする。もっとも、それがすごく嫌っぽいんだけど。ああいうのって、なんていうの？　近親憎悪《きんしんぞうお》みたいな感じ？　葉は、自分の性格の嫌いなところを目の前に突きつけられているみたいで嫌だって言ってたけど、お父さんもなんだろうなぁ。おかげで、お父さんは、オレに甘いんだけど。オレ、どうやらお母さん似らしいし。似てる？」

「似てますよ。樹さんのお母様も、楽観主義で明るい性格でしたから。お父様は、とても真面目で思慮《しりょ》深い方でしょう？　お母様のそういう性格に、ずいぶん救われたようでしたよ」

「ふぅん」

それって褒《ほ》められてるのかと一瞬疑問に思うが、高子は遠回しに皮肉《ひにく》を言うような性格ではない。

樹はそう判断して、高子に葉を絶対に安静《あんせい》にさせておいてくれと言うと、いそいそと部屋に戻ってスーツに着替える。

普段はかっちりしたシャツもネクタイも大嫌いだが、たまにパーティーのために着るのも悪くなかった。

ネクタイをピシッと締《し》めて、上着を着込む。

ボタンを留《と》めて、鏡に全身を映《うつ》した。

「お～、なかなか。オレってば、いい感じじゃん♪」

生まれ持った童顔はどうしようもなかったが、こうしてきちんとした格好《かっこう》をすればそれなりに見える。

樹は乱れた髪をチョイチョイと手櫛《てぐし》で直し、満足そうに頷《うなず》いた。

「よし、完璧」

そのとき、部屋の扉がコンコンとノックされ、声がかかる。

「パーティーにいらっしゃるんなら、そろそろお時間ですよ。お車、玄関に回しておきましたからね」

「はーい。今、下りてく」

樹は勢いよく部屋を飛び出し、ダダダッと階段を駆《か》け下りる。

そして玄関のところで靴を用意して待ってくれていた高子に、その場でクルリと回転してスーツ姿を披露《ひろう》した。

「高子さん、どう？」

「似合いますよ」

「だよね〜？　お正月用に新調してもらったこのスーツ、絶対オレに似合うと思ったんだ。こうやって見ると、オレも結構ハンサムだよね」

「まぁ、ホホホ」

高子は笑うだけで、肯定《こうてい》も否定もしない。樹が「男前だよね」とか、「ハンサム」といった言葉を使うと、いつもこうしてごまかすのだ。

それが遠回しな否定だということは樹にも分かったが、ここで下手に突っ込んで聞いてしまうと、「樹さんはそういうタイプではありませんから」という返事が返ってくるに決まっていた。

自分のためにもそれ以上の追及《ついきゅう》をやめ、樹は高子に言う。

「それじゃ、葉のこと、よろしくね。あいつ、もしかしたら心配して抜け出そうとするかもしれないから、ベッドに縛《しば》りつけておいて」

「はいはい。分かってますよ。ちゃんと目を光らせてますから、安心してください」

「よろしく～」

「せっかくですから、楽しんでくださいね」

「うん」

ピカピカに磨《みが》かれた靴を履《は》いて外に出ると、葉が乗るはずだった車が、樹を待っている。

樹は近づいて、扉を開けてくれた運転手にニコリと笑いかけた。

「ありがと。間に合うよね？」

「はい。予定のお時間には、充分に」

「よかった。お願いします」

「かしこまりました」

扉はパタリと静かに閉まり、やがて車は発車した。

★★★

樹を乗せた車は、とあるホテルの前で止まった。

するとすかさずホテルマンが扉を開け、樹が赤目家のパーティーの招待客だと知るとエレベーターまで案内してくれる。

都心にある高級ホテルの、一番広い広間を使ってのパーティーである。当然のことながら招待客も多く、スーツとドレスという改まった姿だった。

樹は受け付けで招待状を出し、会場へと向かう。

入口が見える隅《すみ》っこでさり気なく会場内を見回してみれば、ちらほらと芸能人の顔がある。父も葉も芸能人なんて一人も来ないし、年寄りばかりだと言っていたのに、実際に来てみるとずいぶん違っていた。

「……あっ、高下美里だ…仲田由真もいる。すっごい可愛い。さすがに芸能人、目立ってるなぁ。ドレスは隣《となり》のおばちゃんのほうが豪華だけど。それにしても…聞いてたのと全然違うじゃん。あの二人、やっぱり嘘《うそ》ついてたなっ」

プンプンと憤慨《ふんがい》しながらも目はリサーチを続け、ホテルの制服を着込んだウエイターの中に、ガードマンらしい人間が多数含まれているのに気がつく。

背筋がピシッと伸びていて全体的に緊張感があるし、何よりも身ごなしが妙に鋭い。視線も素早く周囲を警戒《けいかい》していた。

ホテルマンにはありえない雰囲気《ふんいき》だ。

樹もボディーガードと縁《えん》のない生活をしているわけではないので、見ればなんとなく分かるのである。

日本国内ではさすがにあまりお願いすることはないものの、海外では必ずといっていいほどお世話になっている。

父の教育方針のおかげで英語は不自由なく話せる樹だが、海外での一人歩きは…それがたとえ歩いて五分足らずの場所でも許されなかった。治安《ちあん》がいいと言われている場所でさえ、ダメなのである。

それくらいいいじゃないかと樹がねだっても、普段は甘い父親がこの件ばかりは頑《がん》として聞き入れてくれなかった。

「さすが、赤目家のパーティーだなぁ。どんなときでも油断《ゆだん》なしっていう感じ？　まぁ、経済界の重鎮《じゅうちん》もわさわさ来るっていう話だし、警戒しておいて損はないと思うけど。お父さんなんて、妖怪《ようかい》たちからしたら若造扱いらしいし」

そう呟《つぶや》いて、樹はクスクスと笑う。自分の父親…若さのカケラもない、鹿爪《しかつめ》らしい顔を思い出したのである。

そういえばその父はもう来ているのだろうかと会場内を歩き回りながら、樹は父の姿を探す。

いつも早めに行動する人だから、来ているはずなのだ。

しかしパーティー会場はとても広く、人も大勢招待されているため、なかなか見つけることができなかった。

そうこうしているうちに、会場の照明《しょうめい》が落とされる。

壇上《だんじょう》にはホスト役である赤目家の当主と、おそらくその家族であろう人たちが綺麗《きれい》にドレスアップして立っている。

挨拶は、簡潔《かんけつ》かつ端然《たんぜん》としたものだ。短くても言いたいことは充分に伝わってくるし、何よりもその人の気を逸《そ》らさない迫力が自然と頭を垂《た》れさせる。

これくらい短いと、気が散りやすい樹でもおとなしく聞いていられる。高校の、無駄《むだ》に長い朝礼とはえらい違いだった。

おかげで樹の中の赤目家の当主の株はグンと上がるが、それがスピーチが短かったせいと父親に言ったら叱られそうである。

再び照明が元に戻されて、招待客たちは思い思いに動き始める。

会場のあちこちに作られたビュッフェコーナーに引き寄せられそうになった樹だが、まずは父を探さねばとグッとこらえる。

樹は視線をさ迷わせながら人の波を泳ぎ、ようやくのことで父の姿を見つけることに成功した。

「よかった……」

思わず安堵《あんど》の笑みを浮かべ、手を振りながら父に駆け寄る。

「お父さん」

場違いにならない程度の声量で話しかけた樹に、父はギョッとして目を見開いた。

「樹っ⁉」

驚きのあまり声も出ない様子だ。パクパクと口を開閉する父の表情に、樹は思わず笑ってしまったほどである。

「なに、その顔。そんなに驚いた？」

「ど、ど、どうしてお前がここに⁉」

「葉のやつが熱出しちゃってさ。ほら、いつものあれ。今頃、自分の部屋でうんうん唸ってるよ。とてもじゃないけどパーティーどころじゃないから、オレが代わりにきてやったんだ」

「代わりに…代わりに……？」

「そう、代わりに。だってほら、これって大事なパーティーだろ？　下条家の危機《きき》に、長男が立ちあがったってわけ」

「なんということを……」

父は頭痛でもするかのようにこめかみを指で押さえ、この場にはふさわしくない苦悶《くもん》の表情を浮かべる。

おかげで樹は膨《ふく》れっ面《つら》だ。

「なんで、オレが葉の代わりにパーティーに来たくらいでそんなに不満そうにするかなぁ。大したことじゃないじゃん」

「大したことがない？　いいや、とんでもない。お前にはまったく分かってないのだ。これがどんな結果を引き起こすのか」

どうにも理解できないことを言われ、樹は首を傾げる。

「どんな結果を引き起こすわけ？」

「それは……」

「それは？」

「ううっ」

父は頭を掻《か》き毟《むし》り、苦しそうな声を上げる。

パーティーに、葉の代わりに出席しただけだ。いくらそれが最重要相手である赤目家のものだろうが、そんなふうに苦悶する理由が樹には思い当たらない。

確かに樹は葉に比べて粗忽《そこつ》でうっかりすることも多いが、それでも取り返しのつかないような失敗はしない自信があった。それだけに、いったい何をそんなに苦悩することがあるのだろうかと不思議に思う。

「そういえばお父さんさー、葉もだけど。オレに嘘ついただろ？」

「な…に？」

「芸能人はいないとか言って、すごいたくさん来てるじゃん。年寄りばっかりじゃないじゃん。食べ物だって、すごく美味しそうじゃん。全然、聞いてたのと違うぞ。こんなんだったら、もっと早く来ればよかったたっ」

「………」

「サインとかもらったら、まずいかな。どう思う？　あぁ、でも色紙もペンも持ってきてないや。このホテルで売ってるかなぁ」

「何を言ってるんだ⁉」

「え？　だから、サインだよ、サイン。旬《しゅん》の芸能人がたくさんいるんだから、サインもらえたら嬉しいじゃん」

「お前は……」

父はハァーッと、これ以上ないほど深く長い溜め息を漏らす。

どうやら頭痛のほうはますますひどくなったらしく、その表情はまさしく苦虫《にがむし》を噛んだような顔といった感じだ。

「……とにかく、早く帰りなさい」

「えー、なんで？　やだよ、そんなの。せっかく来たのに、なんで帰らなくちゃいけないんだよ。まだ何も食べてないんだぞ」

「そんなものは食べなくていいっ。空腹なら、家に帰って好きなものを食べなさい」

「やだっ！　オレは、パーティーのご馳走を食べるんだ」

「ダメだ。帰りなさいと言ったら、帰りなさい」

「い・や・だ」

「樹っ！」

「なんて言われようが、オレはいるぞ。ご馳走食べて、知ってる人に挨拶して回るんだ。久川《ひさかわ》のおじさんとかもいるんだろ？」

「そんなものは、この次でいい」

あくまでも頑なに帰そうとする父に、樹はプーッと頬を膨らませる。

「なんで？　よくないじゃん。どうしてわざわざこんなところまで来たのに、そういうことを言うかなぁ」

「こんなところに来るお前が悪い。このパーティーだけは…これにだけは来させないようにしていたのに」

「それが分からないんだよね。どうして、これだけはダメなわけ？」

「……………」

たっぷりと沈黙《ちんもく》し、胡乱《うろん》な目つきで睨《にら》みつけたあと、父はまったく譲《ゆず》らない態度で同じ言葉を何度も繰り返す。

「帰りなさい」

「だーかーらー」

会場の隅とはいえ、帰れ帰らないで揉《も》めている親子は、どんなに声をひそめてもある程度の人目を引いてしまう。

「何かあったのか？」

声をかけられて振り向いた樹の父は、そこにホスト役の一人である赤目我王《がおう》の姿を見つける。

いる。


「うっ！」

総師の息子で、唯一の後継者《こうけいしゃ》だ。

大学に在学中の身でありながら、父親の会社で仕事を覚えつつ、自分でも一つ経営している。

しかも、小規模ながらすこぶるつきの業績だ。

樹の父にとっては苦手な分野であるIT関連には、いまだに宝がゴロゴロと落ちているらしい。

我王は樹をジッと見つめ、怪訝《けげん》そうに眉を寄せる。勘が鋭いのか、樹が口を開きもしないうちに違和感に気がついているようである。

我王がもの問いたげな視線を樹の父に向けると、父は自分よりも遥《はる》かに年若の我王に対して最大限の敬意を示しながら言う。

「こ…これは、私の不肖《ふしょう》の息子でして。葉の兄で、樹と申します」

樹は人見知りをする性質ではない。噂《うわさ》に高い赤目家の跡継ぎを前にして、好奇心に目を輝かせずにはいられなかった。

年が若くても、我王からは支配者然とした雰囲気が伝わってくる。

背が高く、迫力のあるハンサムなのも堂々とした印象を与えるが、それ以上にその落ち

着き払った態度がこういった場所に慣れていることを示している。

樹が初めて会った赤目我王の印象《いんしょう》は、悪く言えば偉《えら》そう…良く言えば王者の風格《ふうかく》が備《そな》わっているといった感じだった。

とりあえずは愛想笑いだとばかりに、にっこりと微笑《ほほえ》んで挨拶をする。

「下条樹です。よろしくっ」

その言葉に、我王は片方の眉を吊り上げる。

マジマジと見つめられた樹が困ったように眉を下げてヘラリと笑うと、今度はジロリと樹の父を睨みつけた。

そして樹にではなく、樹の父に問いかける。

「双子の兄という?」

「はい」

「……確か、一卵性で葉にそっくりだと聞いたが?」

静かな声で…だがたっぷりと皮肉を込めて問いかける我王に、父の肩がびくりと跳ね上がる。

それはほんのわずかな動きにしかすぎなかったが、すぐ隣にいた樹にははっきりと感じられたし、我王もやはり気がついた様子である。その証拠《しょうこ》に、厳しいほどの視線が父に注がれていた。

樹の父は、緊張も露《あらわ》に答える。

「は…い、そのとおりです。樹と葉は一卵性で、よく似ていると言われますので」

微妙《びみょう》に焦点《しょうてん》のずれた堅い表情は、樹の父の後ろめたさを表している。自分で言っていて、自分で信じていないことが伝わってきた。

当然のことながら我王もそれに気がつき、わざとらしく肩を竦《すく》めて言う。

「顔だけは確かに似ているかもしれないな。でも、一目で違うと分かったぞ。葉にそっくりとは、とても言えないんじゃないのか？　いくら一卵性でも、こうも表情の違う二人の見分けがつかない人間がいるとは思えん」

「それは…そうかもしれませんが……。しかし、一卵性というのは本当ですし、顔の作りも非常に似ていますし……」

その口調は非常に歯切れが悪い。

父の困っている様子に、樹は助け舟を出さずにはいられなかった。

「父を責めないであげてください。オレ…ボクたち、実際に双子なんだから。黙って立ってれば、本当に似てるんですよ」

「黙って立ってれば？」

面白がるような表情で聞かれ、樹はコクコクと頷く。

「……黙って立ってれば」

二人を区別するときのポイントは表情だ。だから無表情で並んで立っていれば、ちょっと見では分からないはずだった。

「それはつまり、喋《しゃべ》ればすぐに違いが分かるということでもあるな。それに、動いても。違うか？」

「んー、まぁ」

「それで、そっくりだと言えるのか？」

「だって、顔の作り自体はそっくりなわけだし。一卵性の双子だし。そっくりって言っていいと思うんですけどっ」

そう言い返す樹の顔は、少し膨れている。我王にニヤニヤとからかうように言われ、だんだんムキになってきていた。

葉は、そんな表情はしない。もともと家族以外にはあまり感情を表に出さない傾向にある葉だが、それは我王が相手だとより顕著《けんちょ》になる。だからこんなふうに膨れたり笑ったりということはありえないのだ。

自分のそんな顔が我王を楽しませているとは思わず、樹は子供のように不満を表情に表わしてしまう。

我王はクックッと笑って樹の父の肝《きも》を冷やすような発言をする。

「さすがにお前ら親子が必死になって隠していただけあって、可愛《かわい》いな。実に俺好みだ。お前たちは実際、俺の好みをよく把握《はあく》してる」

「はぁ？」

「ううっ……！」

親子の反応は正反対で、言葉の意味を理解できずに首を捻《ひね》る息子に対し、父は頭を抱《かか》えて唸っていた。

事態《じたい》が手におえなくなったときや途方《とほう》に暮れたとき、思考を放棄《ほうき》するのがいつもの樹のやり方だ。

今回も同じ方法を取ろうとした。

「ええっと…それじゃ、そういうことで。お父さん、行こっか」

そそくさと立ち去ろうとしたその腕を、がっしりと掴まれる。そのうえで何やら恐ろしげな笑みを向けられた気がした。

実に感じのいい笑顔のはずなのに、何やら悪寒《おかん》を感じたのである。

今のはなんだろう…と戸惑《とまど》っているうちに、いつの間にやら我王にエスコートされるような形で歩かされていた。

我王はホスト役の一人だから、当然のことながら知り合いも多い。ただ歩いているだけでも声がかかり、その度にお決まりの挨拶が交わされた。

樹としては気まずい限りだ。どうして自分が我王と一緒にいなければならないのだろうかと、なんとか離れようと試みる。

しかしさり気なく腰に回った腕が、樹を拘束《こうそく》している。

嫌でも注目を浴びる我王の側から離れようと樹が踏《ふ》み出した足は、腰に回された腕によって阻止《そし》された。

「ん？」

「なんだ？」

どうやらソッと離れるのは無理らしい。

樹はヘラリと愛想笑いを浮かべて言った。

「いや、あの、オ…ボク、ちょっとお腹が空《す》いたな～…なんて思うんですけど」

「なら、ビュッフェコーナーに行くか」

「ええっと…一人で行きますから、いいですよ。赤目さんは、いろいろ挨拶して回らなきゃいけないでしょう？」

「俺も小腹が空いたから、ちょうどいい。ああ、それと、俺は我王だ、我王。ここには、赤目と名のつく人間が何人もいるからな」

「………」

赤目家の本家が主催するパーティーには、いわゆる分家の人間もたくさん招かれている。普通の同族企業ほどには血縁の人間を重要なポストにつけてはいないが、それでも大勢の人間が関連企業に勤めていた。

だから確かに我王の言うとおり、ここには何人…もしかしたら何十人もの赤目という苗字の人間がいるわけだが、それと我王を名前で呼ぶのは別の問題だ。

なんとなく厄介《やっかい》そうな相手という意識が付きまとって離れず、できればお近づきになりたくないなどと考えてしまう。

周りの人々に甘やかされてきた樹の本能が、危険信号を発していた。

むむむっと眉を寄せる樹に、我王はなおも言う。

「ほら、我王だ。呼んでみろ」

そんなふうに促されては仕方ない。

樹は渋々といった体《てい》で呟いた。

「……我王…さん？」

「我王でいいぞ。さんはいらない」

「………」

なんかちょっと、それってまずくないか…と、政治的判断に乏《とぼ》しい樹でも気がつく。

好むと好まざると、我王は注目の人物だ。赤目家の後継者として認知され、この場にいるほとんどの人間がお近づきになりたいと狙《ねら》っている。

会社や下条家の将来は葉に任せたと公言している樹は例外なのに、どういうわけか我王は親しげにファーストネームで呼べと言ってくる。

それはトラブルの元だ。面倒ごとに巻き込まれたくない樹なのに、我王を名前で呼んだりしたらそれだけでいらぬ嫉妬《しっと》を呼び起こす。取り入っていると思われるに決まっているのだ。それくらい、樹にだって分かった。

ジリジリと後ずさろうとする体を、我王の手が引き止める。

「さぁ、それじゃ何か食うとするか」

「オレは結構ですぅぅ」

一生懸命「ボク」と言おうとしていたことも忘れ、樹はジタバタと手足を振って逃げようとする。

赤目の後継者を前に、父は無力だ。何か言いたそうに周りをウロウロしているものの、口出しすることはない。

結果、樹は逃げ出すこともできずにビュッフェまで連れていかれてしまった。

ビュッフェコーナーは盛況《せいきょう》である。飲み物も食べ物もたっぷり用意されているからゆったりとしているが、それでも人で溢《あふ》れかえっている印象がある。

その中に我王が入っていくと、まるで映画の中の映像のように人が割れる。そして、近寄ってくる。

良くも悪くも影響力は大きい。

そんな人間がどういう気まぐれで自分を構ってくるのか分からないが、どうせ今のうちだけだろうと思う。

我王があくまでも樹のことを離そうとしないので、樹はそう考えて自分を納得させようとする。

もっともそれは、目の前のご馳走…自宅ではお目にかかれないような類の料理に目が眩《くら》んだせいも多分にあった。

大きな皿に、片っ端から料理を取って味見する。端から順に…中でも気に入ったものは二度三度と味わった。

「美味しい～♡」

「そうか？　よかったな」

「いいホテルだ♡」

樹はご機嫌でそんなことを言い、せっせと料理を腹に収める。一通り食べ終わって胃が落ち着いたところで、ようやく周囲に目を向ける余裕ができた。

我王は自分でも軽く突つきながら、面白そうな視線を樹に向けている。どうやら樹が食べるところを観察していたらしい。

そして父はといえば心配そうについてきているが、手には何も持っていない。食べるどころの話ではないようだ。

樹は自分の皿から特に気に入った料理をフォークに突き刺し、それを父の眼前に持っていった。

「お父さん、これ美味しいよ。ほら、あーん」

「樹……」

樹の父は困り果てた表情をする。

家ではたまにする行為だが、さすがにこういった場所ではしたくないらしい。しかし樹は父の口を強引に開かせ、フォークを突っ込んだ。

入れられてしまったものは仕方がないと咀嚼《そしゃく》すると、樹が嬉しそうにニコリと笑って問いかける。

「ね？　美味しいよね？」

「……ああ」

苦い表情ながらも心持ち嬉しそうなのは、実は密《ひそ》かに樹にこういったことをされるのが好きだからだ。生真面目な性格が災いして自らはなかなかスキンシップができないため、樹がこんなふうにしてくると嬉しいらしい。

そんな親子に、我王が眉を上げて言う。

「ずいぶん、仲がいいんだな」

「普通…だと思いますけど」

「いいや。高校生の男は、普通そんなことはしない。親と喋ることさえ疎《うと》ましく思う年頃だぞ」

「え～？　でもなぁ…うち、父子家庭だから？　それに仲が悪いのは問題ですけど、いいに越したことないでしょ」

「それはそうかもしれないが…気に入らないな」

「はっ？　何が？」

いきなり気に入らないなどと言われてキョトンとする樹に、我王は耳を屈《かが》めて唇を寄せようとし、自分たちが注目を浴びているのを思い出し舌打ちをする。

「チッ。こんなところじゃ、ろくに口説《くど》けやしないな」

小さなその呟きは、しっかりと樹の耳に届いた。

「く…口説くぅう?」

思わず素《す》っ頓狂《とんきょう》な声が出てしまった。

樹は慌てて口を手で塞《ふさ》ぎ、キョロキョロと周囲を見回す。そして今度こそ声を潜《ひそ》めて苦情を言う。

「妙なこと言わないでくださいっ。誤解されたら困るでしょう⁉」

「誤解じゃなければいいのか?」

「うっ…? いや、それも困るけど……」

本当にそんなことになったら大変だ。後ろで父が思いっきり心配しているのもあるし、面倒はごめんである。

それだけにどう反応したものかと考えて、結局名案が思い浮かばなかった樹は聞かなかったことにした。

それが一番平穏だ。傍《かたわ》らで我王が面白がって見つめているのが感じられたが、意識して視線を向けないようにする。そして再び我王の元から逃げようとするが、案の定、がっちりと捕《と》らえられた腕がそれを許さなかった。

「ううっ……」

どうやらまだ離してもらえないらしい。

一瞬、文句を言ってやろうかと開きかけた口は、周りの人々の興味深げな視線に押されて声を発することはできなかった。

とにかく人目がありすぎる。そしてこの場にいる招待客たちと我王、それに父との関係を考えれば、赤目家の次期当主に楯突《たてつ》くのはまずすぎた。

結局、おとなしくしているしかない樹は、自分の側から離れようとしない我王と一緒にいるしかない。

招待客とひっきりなしに挨拶を交わす間も隣にいなければならないので行きたいところにいけないし、もの問いたげな視線を向けられるしで、どうにもいたたまれない感じがして嫌だった。

赤目家の跡継ぎとして、我王は忙しいはずである。なのにどうして自分にくっついているのかと、樹は不満に思わずにはいられなかった。

ついでに言うと、父もくっついている。

心配そうにソワソワとしながらつかず離れずの距離を保ち、それでいて我王に意見することもできずに後ろをついてくるだけだ。

思っていたのと全然違う。

せっかく芸能人がたくさんいるのに見て回ることもできず、ご馳走は食べられたが我王が一緒にいては落ち着かない。

父に怒られるのは想定のうちだが、まさかこんなに自由がないとは思わなかった。

「……楽しくない」

ポツリと呟いたその言葉は小さすぎてパーティーの喧騒《けんそう》に掻き消され、他に聞こえることはなかった。


帰りの車の中で、父は一言も口を開かなかった。

壮絶《そうぜつ》に眉を寄せた暗い表情で考え込み、樹が話しかけても耳に入らない様子で何やらブツブツ呟いている始末だ。

父も葉もいったん落ち込み始めるとどん底までいく性質なので、さすがに樹も心配になってくる。

「お父さん、大丈夫？」

「………」

明らかに大丈夫ではない様子だ。しかも樹が声をかけると、カッと目を見開いた恐ろしい表情になるため、黙っていたほうがよさそうだと判断する。

とりあえず、車が家に着くまではおとなしくしていることにした。

無言のまま家に戻ってリビングへと入り、パタリと扉を閉めた途端に父が頭を抱えてうわーっと声を上げる。

「た、大変だっ。目をつけられた！　樹が目をつけられてしまったぁぁ。いったいどうすればいいんだ⁉」

こんなふうに父が動揺《どうよう》するのは珍しい。

樹には甘い顔を見せるものの、感情の起伏《きふく》をあまり表に出すことを良しとしない父は、困ったことがあっても樹に見せることはしなかった。

なのに今、父は樹の目の前を落ち着きなく歩き回り、動揺も露に困った、困ったと呟いていた。

樹はそんな父の様子に首を傾げるしかない。

どうやら自分のことで父が懊悩《おうのう》しているのは分かるが、それがなぜかとなるとサッパリだった。

呟きの内容から、自分に目をつけたのが我王で、それゆえに父が困った困ったと言っているのは分かるのだが、じゃあどうしてとなるとさっぱりだった。

相手が赤目家の跡継ぎであろうと、嫌なら断ればいいだけの話である。いくら主筋とはいえ、その気のない樹を権力沙汰《ざた》でどうにかするというのは考えられない。

赤目家の跡継ぎともあろうものが、そんなプライドのないことをするとは思えなかった。それに樹が断ったとしても、それを理由に父を排斥《はいせき》するとも思えないから、なぜ父がそんなに気にするのか理解に苦しむ。

確かに我王は自分のことを気に入ったとか、口説くとか不穏《ふおん》なことを口走っていたが、樹の見たところ無理強いするタイプではない。自分に自信がありそうだからかなり強引そうだが、横暴《おうぼう》ではなさそうだった。

「お父さんさー、何がそんなに『困った、困った』なわけ？　オレ、別に失敗しなかったよね？　我王のことだって、そこまで気にするほどのことかなぁ？　困ることないんじゃないの？」

「お前は、あの方に目をつけられたんだぞ！　狙われているんだ。困ったなんていうレベルの問題じゃない」

「だから、もし告白でもされたら、きちんと丁寧《ていねい》な態度でお断りするよ。それで終わりじゃないの？　赤目我王って、逆恨みするタイプじゃないだろ？」

「それは、もちろんだ。確かにそういうタイプの方ではない。しかし、そんなふうに簡単にはいかないぞ。あの方が通常のプロセスを踏むとは思えないからな。おそらく、わけが分からないうちにあの方のペースに巻き込まれ、気がついたらツマミ食いされていたという事態になっているだろう」

「なんで？　わけが分からないうちにツマミ食いって…オレ、そんなに軽くないぞ。エッチするのに、ただ流されるなんてことあるもんか」

「お前はあの方を分かっていない。相手に気づかれずに自分のペースに持っていくことなんて、あの方にとってはそんなに難しいことではないのだ。そういう教育をされてきたわけだからな」

「ふぅん…そういえばお父さんも、あいつの前じゃしどろもどろな感じだったもんね。珍しくアワアワしちゃってさ。あいつのこと、苦手？」

「そういう問題ではないっ。どうしてお前はそんなに呑気なのだ。ツマミ食いされてもいいというのか!?」

「いいわけないじゃん！…っていうか、オレ、男なんだけど」

「あの方は、そんな小さなことには囚《とら》われないのだ」

「小さいかぁ～？」

樹は首を傾げる。

我王のことをツマミ食いする人間だと失礼な発言をしながらも、「あの方」と呼ぶあたりに父の複雑な心境が表れていた。

「お父さんたち、あいつに会わせたくないから、今までオレのことパーティーに出させないようにしてたんだ」

「……そうだ」

「芸能人はいない、ご馳走も大したことないなんて嘘ついてまで」

「……そうだ」

樹が非難を込めて追及すると、父は途端に劣勢《れっせい》になる。後ろめたそうに視線をさ迷わせるのがその証拠だ。

なおも非難《ひなん》しようと口を開きかけたところで、居間の扉が開いてヨロヨロと葉が入ってきた。

「い…樹……」

「葉!?　起きてきて大丈夫なのか？　ちゃんと寝てないと。顔、真っ赤だぞ。まだ熱、下がってないんだろう？」

「とてもじゃないけど、寝てられなくて…うーっ……」

葉の様子は明らかにつらそうである。熱が下がっていないのはその紅潮した頬からもはっきり見て取れるし、声も少し震えている。

「バカだな。無理しないで、ちゃんと寝てないとダメじゃないか。そんなんじゃ、治るものも治らなくなるぞ」

樹は急いで立ち上がると、葉に駆け寄ってその熱い体を支える。

「すぐ部屋に戻って、寝ないと……」

「樹…大丈夫だった……？」

「は？　何が？」

弱々しい葉の質問に、樹はキョトンとする。それに反して父は、目を吊り上げて拳《こぶし》を振り上げた。

「大丈夫ではない！　樹は…樹はあの方に狙われてしまったんだ〜っ」

「や、やっぱり……」

葉はガクリと肩を落とす。そのまま力尽きたのか、ソファーに倒れ込むようにして崩れ落ちた。

「よ、葉っ⁉」

樹はアワアワと動揺する。

いくらいつものこととはいえ、発熱しているのは確かだ。医者を呼んだほうがいいだろうかと、今更ながら考える。

しかし父はあいにくとそうは思わないようで、いまだ興奮冷めやらぬといった様子で更《さら》に言い募《つの》った。

「今日だけは…今日のパーティーだけは、樹を出してはならなかったのだ。それなのに葉…お前というやつはっ」

滅多《めった》に見られない、父親の激昂《げきこう》だ。

あまりにも似通った性格をしているためか、父と葉が思わず体が寒くなるような言い争いをすることは多い。しかしそれはあくまでも冷静な口論であって、こんなふうに興奮して怒るのは珍しかった。

しかも父親の言っていることは言いがかりに近い。だがその理不尽《りふじん》さに怒ったのは、非難された葉ではなく樹である。

「なんで、そんなこと言うんだよ。葉は熱があったんだぞ。それでも行くって言うのを、オレが無理やり寝かしつけたんだ」

「それでも、今日だけは寝込んでいてはいけなかったのだ！」

「無茶言ってるなぁ」

樹は呆れて呟き、肩を竦める。

「あんなの、あの人の冗談かもしれないだろ。あんまりお父さんがワタワタするから、ちょっとからかってやろうと思ったとか」

「それは…なくもないが……」

「でしょ？　きっと、それだよ。そんなに心配する必要ないって」

「……」

父はその言葉に少し考える様子を見せ、ついで首を横に振った。

「私をからかっているだけとは、とても思えない。あの方の目を見ただろう？　充分に本気だった。何しろお前は可愛いから」

その言葉に樹は目を見開き、プーッと噴き出す。

「そういうのって、なんていうの？　子煩悩《こぼんのう》？　親バカ？　お父さんってば、オレのこと買いかぶりすぎ」

「違うっ！　お前は可愛いんだ。あの方に会わせれば、夢中《むちゅう》になるのは分かっていた。だから、会わせないようにしていたのに」

「そんな理由で、オレがパーティーに行けないようにしてたのか。本当のこと言ってたら、絶対行ったもんな。料理は豪華だったし、芸能人はたくさんいたし…あっ、サインもらうの忘れた。あいつのせいだ。くぅ〜っ」

「……呑気なやつめ」

「お父さんたちが心配しすぎなんだって。我王に目をつけられたからって、取って食われるわけじゃないだろ」

「食われるんだ！」

「食われるんだよっ‼」

「………」

父と弟の声をハモらせての怒鳴り声に、樹はビックリだ。

葉はさっきまで熱でぐったりしていたはずなのに、怒りにか、それとも不安にか、そんなもの吹き飛んでしまったらしい。

驚いて目を真ん丸にしていると、二人がかりで責め立てる。

「樹は、呑気すぎる」

「そうだ！　ツマミ食いされてもいいというのか⁉」

「いや…だから、誰もいいなんて言ってないって。ただ、心配しすぎだって言ってるだけなのに……」

「甘いっ」

「そうだよ。甘すぎる！」

「……」

何度も同じようなことを繰り返され、二人がかりで責められて、さすがに樹もうんざりしてくる。

自分のことを心配して言ってくれるのは分かるが、まるで食われるのが決定したような言い方には腹が立つ。

そこまで主体性、なくないぞ…とか、そんなに信用されていないのか…といった感じの怒りである。

おかげで樹は見事にふて腐れ、二人に負けないくらい口をへの字にした不機嫌な表情へと変わった。

面倒くさくなって、肩を竦めながら言う。

「分かった、分かった。ツマミ食いされないよう、気をつけるから」

「……」

「……」

樹を見つめる二人の目つきが、不信感を露にしている。

樹はそれにムッとしながら、鼻息も荒く言った。

「気をつけるったら、気をつけるよ！　まったく、どうして二人とも信用しないかなっ。なんか、腹立つんだけど」

「私としても、その言葉を信用したいのは山々なのだが……」

「樹、流されやすいから。美味しいことにも弱いし。正直言って、僕が誘拐犯だったら、いくらだって連れ出す自信があるよ」

「簡単だな」

「そう、本当に簡単」

「………」

やはり信用はまったくないらしいと、気づかずにはいられない。

二人が樹のことを密かにそう思っているらしいことは知っていたが、こんなふうに口に出されると堪《こた》える。

三人きりの家族なのだ。

父と弟に甘やかされて育ったせいか少々甘ったれの要素《ようそ》があるのは自分でも自覚しているものの、一応は長男なんだから、もう少し信用してくれてもいいじゃないかという不満がある。

しかし二人には、樹の希望は伝わらないようである。今にも溜め息を漏らしそうな表情で、樹を見つめていた。

なんだか憐憫《れんびん》というか、かわいそうなものを見るような瞳で見られているような気がして、樹は小さく呻《うめ》いた。

どうにもいたたまれない。

父と弟は、性格が似すぎているから普段は反目《はんもく》しているところがあるくせに、こういったことになると完璧に呼吸を合わせてタッグを組む。

そうなると、もともと口喧嘩には弱い樹が敵《かな》う相手ではなかった。

二人を言い負かす機転の利《き》いた言葉も出てこない。

「寝るっ！　おやすみ!!」

樹はそう怒鳴ると、ドカドカと足音も高く居間を出て行った。

★★★

試験休みの合間の登校日。

この日は答案が返ってきて、とりあえず赤点はなかったと樹をホッとさせた。

幼等部から大学まである有名なお坊ちゃま校である樹の高校では、車での送迎は禁止されている。

許されているのは幼等部と、小等部の二年生までだ。三年生からは、自立性を育てるという名目で、電車に乗って通学することになっていた。

だから校門の前に車がズラリと並ぶということはない。もっとも中にはこっそり車を使っているものもいるにはいるが、それらはあくまでもこっそりなので高校から何メートルか離れたところで待っていた。

そんな中、校門の前に堂々ととめられたオープンカーはひどく目立った。

なかなか見かけないようなシルバーがかった青色のコーティングは、特別仕様だと分かる。樹には車種は分からなかったが、一目で高いことは分かった。

車も派手《はで》だが、その持ち主も負けていない。

車の前には大きな花束を持った男が立っていて、シャツにジーンズという普通の格好な

がら只者《ただもの》ではない雰囲気を漂《ただよ》わせている。

樹も見覚えのある顔だった。

「赤目…我王？」

昨夜のパーティーで会ったばかりである。

いくら人の顔を覚えるのがあまり得意ではない樹でも、あれだけ強い印象を残されれば忘れるはずがない。

我王の登場に、一瞬、本当にツマミ食い？…などと考えてしまったが、いくらなんでもそんなことはないだろうと苦笑する。

葉と父にしつこいほど注意されたから、つい条件反射のように疑ってしまった。

おそらく自分にではなく葉に用があるのだろうと思い、とりあえずペコリと会釈《えしゃく》して赤目の横を通りすぎようとした。

目の前に、花束が翳《かざ》される。

「……？」

怪訝に思って視線を上げたその先には、ニヤリと笑った我王の顔。面食いの樹でさえ、惚れ惚れと見とれてしまうような整ったハンサムだ。

今時珍しいような真っ黒な髪が、男らしく精悍《せいかん》な顔立ちに似合っている。

しかしどんなに美形でも、我王が男である以上はうっとりしたりしなかった。

「葉なら、まだ中ですよ。生徒会の仕事あるし、時間かかると思いますけど」

「どうして俺があいつを迎えにきたと思うんだ？」

「だって…じゃあ、なんでいんの？」

不思議に思うあまり、つい言葉がぞんざいになってしまう。

何しろ樹には思い当たる節がない。昨夜、散々二人から「ツマミ食いされる」と注意をされたというのに、そんなことあるはずがないと思っている樹だったから、どうして自分の目の前に花束を出されるのかも理解できなかった。

「お前を迎えにきたんだよ。これから、どこかに行かないか？」

「どこか？」

「そう。好きなところに連れていってやるよ」

「うーん？」

やはり樹の頭の中には、「なんで？」という言葉でいっぱいだ。

我王とは昨日会ったばかりだし、すでにいくつかの事業にかかわっているために、大学生でありながらひどく忙しい身だということも父から聞いている。

これはもしや、本当に葉と父の懸念《けねん》が現実となったのかと、樹はチラリと我王の顔を見た。

我王は妙に色っぽい目つきで樹を見つめている。しかも樹の顎《あご》を取ったかと思うと、まるで猫にでもするようにくすぐってきた。

そんなことをされて、樹はむむむっと顔をしかめる。いかにも親密なその態度には、眉をひそめるものがあった。

さすがにこれはおかしいと思い、疑ってもいいのではないかと考える。

「……んん？　オレ、今、アタックされてる？」

小さなその呟きは、しっかりと我王の耳に届いたらしい。

我王はきっぱりと頷いて言った。

「そう受け止めてもらっていい。お前は、実に好みだからな」

樹はハッと息を飲む。

その言葉は樹の警戒心をこれ以上ないほど呼び覚ました。何しろ、葉と父の言ったとおりなのである。

これはもう、貞操《ていそう》の危機だとパニックに陥《おちい》る。そして失礼にもビシッと我王を指差して後ずさった。

「ツマミ食いする気だなっ!?　お前、オレのこと、ツマミ食いする気だろうっ!?　おとーさんと葉の言ってたとおりじゃん！」

「……下条と葉のやつが、なんだって？」

「オレが、お前の好みだって。男も女も関係ない見境のないやつだから、ツマミ食いされちゃうって」

「……………」

我王の周りの空気が一瞬にして下がる。冷たい殺気を感じて、樹は思わずジリジリと後ずさった。

「……う？」

「下条がそう言ったのか？」

「えっ、いや…さすがにもうちょっと丁寧な言い方だったけど。でも、要約するとそんな感じかな」

「あの野郎……」

我王は忌々しそうに舌打ちした。

それを見た樹は、自分がまずいことを言ってしまったと気がついて、なんとかフォローしようとする。

「あっ、でも、お父さんは悪くないよ。オレのこと、心配して言ったんだから。それに、闇雲《やみくも》にそういうこと言う人じゃないし。事実無根《じじつむこん》なら、そんなこと言わないと思うんだよね。それってつまり、火のないところに煙は立たないっていう感じ？」

「どういう意味だ？」

「そういう意味」

樹がシレッとして答えると、我王は嫌そうに顔をしかめた。

「……お前、少し下条に似ているところがあるな」

「親子だから。当然、葉とだって、似てるとこあるよ。顔以外にもね。それ聞いたら、嫌になった？」

期待する瞳を向ける樹に、我王はニヤリと笑う。

「いいや、ますます気に入った。可愛げに、多少の骨がプラスしてあったほうが楽しみが増えるっていうもんだろう？　俺は綺麗なだけのお人形は好きじゃないからな」

「うう〜ん」

上手くいかない。

これまで何度も葉と会っているはずなのに色めいた気配《けはい》はないようだから、葉っぽい口調を意識して使ってみたのだが失敗だった。

かといって、我王が嫌いだというお人形になるには無理がある。おとなしくなんて、樹の性格ではないのだ。

「どうだ？　これから遊びに行かないか？　知らない相手というわけでもないし、遊びに行くくらいいいだろう？」

その質問に、樹はプルプルと首を横に振る。

「食われるから、ついていっちゃダメって言われてるから」

「下条め……。言っておくが、俺は今まで一度たりとも力ずくで事に及んだことはない。常に相手の同意を得た上でセックスしてるんだぞ」

「うひ〜っ」

はっきりと「セックス」などと口にされ、樹は妙な声を上げる。初体験もまだな樹にとって、その言葉をズバリと言われるのは気恥ずかしくて仕方ない。

「え…ええっと、つまり、オレが同意しなかったら、しないってこと？」

「当たり前だ。お前、俺をいったいどういう人間だと思ってるんだ？　下条に何を聞かされた。力ずくでするような男だと聞いたのか？」

「うんにゃ。それは言ってなかった。でも、あんまり『食われる、食われる』言うもんだから、つい……」

「いきなり食ったりしないから、安心しろ。そんなに飢《う》えているように見えるか？」

樹は眉を寄せて我王を見つめる。

自信満々でハンサムな我王は、余裕の表情で樹を見下ろしていた。どこからどう見てももてそうな感じだ。

「……見えない」

「だろう？　いきなり襲ったりしないんだから、遊びに行くのに支障《ししょう》はないな？」

「え？　い、いや、でもオレ、あんまりお小遣いもらってないから。リッチな大学生と遊びまわる余裕、ないんですっ」

「バカだな。そんなもの、俺が出すに決まってるだろう。小遣い制の高校生に財布を出させるほど甲斐性《かいしょう》なしじゃないぞ。お前を養える程度には収入があるから、安心して奢《おご》られるといい」

「ううっ……」

なんだか断れない感じだぞ…と、樹は困惑《こんわく》する。

決して強引なわけではないのだが、なんとなく断りきれない雰囲気というか、きっかけが見つからない。

相手が友好的に手を差し出しているのにあくまでも行かないと言い張るのは、自分のほうが頑《かたく》なで良くないような気さえしてくる。

一体どう答えようかと唸っている樹に、救いの手が差し伸べられる。

「樹」

呼びかけられて振り向いた樹は、そこに表情を硬くした葉を見つける。

「あっ、葉……」

思わず安堵の吐息が漏れると同時に、葉がすぐ隣にやってきた。そして樹を我王の目から隠すようにして前に立ちはだかる。

「お久し振りです、赤目さん。昨夜のパーティーは失礼致しました。具合が優れなかったもので」

葉はその口元を笑みの形に吊り上げ、そのくせ目は笑っていない。むしろ冷たく、むき出しの警戒心を隠すつもりもないようだった。そしてその声はといえば、まさしく氷のようである。

生まれたときから一緒の樹でさえこんな葉を見るのは初めてで、思わず後ずさりしたくなるような怖さだ。

しかしそれを向けられた我王はまったく平気のようで、ニヤニヤとバカにしたような笑みを向ける。

「いいや。おかげで、お前にそっくりだと聞かされていた双子の兄に会えたからな。まったく、熱様々だ」

「…………」

冷たい睨み合いがしばし続く。

両者ともに一歩も引かず、まるで先に目を逸らしたほうが負けとでもいうように睨み合うことをやめようとしない。

樹はこういう雰囲気が苦手だ。目の前で喧嘩をされると、オロオロして最後には「喧嘩すんなっ」とキレるタイプである。

「あ、あの……」

呼びかけは、見事に無視された。

スッと向けられた葉の視線で、口出ししないようにと釘を刺される。

「兄にどのようなご用件ですか？」

「おやっ？　自分にとは思わないのか？　樹は、俺がお前に用があってきたと思ったらしいぞ」

「あなたがボクに会うためにわざわざ来るなんて、とても考えられません。……それより、兄を呼び捨てにするのはやめていただきたいのですが」

あくまでも慇懃《いんぎん》無礼《ぶれい》な態度を崩さずにそんなことを言う葉に対し、我王は面白そうに目を吊り上げる。

「ハニーのほうがいいか？」

「……………」

葉の目がスッと細まり、身にまとった空気が二、三度冷える。それでなくても冷ややかな態度だったのが、今は氷点下《ひょうてんか》といった感じだ。

「樹、こい…この人になんて言われてたの？」

葉は、いかにも「こいつ」と言いそうになったところを、無理やり矯正《きょうせい》したのが分かるような言い方をした。

もっとも葉のことだから、わざとかもしれない。我王に不快さを表わすため、分かるようなやり方をするのはありえる話だ。

「えっと…遊びに行こうって言われたんだけど……」

「遊びに？」

「うん」

「それで？　なんて答えた？」

「まだ答えてない。だって、お父さんに気をつけろって言われてるし。ついてったらうるさく言われそうだろ？」

「そうだね。でも、そういうことは本人を前にして言わないほうがいいと思うよ。赤目我王がどんなにタラシで油断ができなくても、お父さんがそんなふうに思ってるって知られるのは良くないから」

「ああ、そっか。そうだよな。でも、オレだって一応フォローしたんだぞ」

「なんて？」

「お父さんは悪くないって。だって、火のないところに煙は立たないだろ？」

「そうだね」

葉はたっぷりと含みを持たせて、樹の言葉を肯定する。つまりそれは、火があると言っているのも同然だった。

我王は盛大に顔をしかめて言う。

「お前ら、本人を目の前に失礼なことを言うな」

「ああ、すみません。忘れていました」

もちろん、忘れていたわけではないのは明白だ。樹はうっかりと、葉は我王に嫌がらせで喋っていた。

我王にもそれは伝わり、やはり葉は可愛くないと再確認する。

いくら可愛げのある綺麗な顔立ちをしていても、中身は可愛くない。我王の好みからは大きく外《はず》れていた。

もっとも葉のほうも、好みと言われても迷惑がるだけだろう。お互い、別に嫌いなわけではないのだが、どうも性格が合わないと感じているのである。

我王は葉を無視し、樹に話しかける。

「いつまでもこんなところに突っ立っていても仕方ないだろう。いらん注目も集めるし。ほら、乗れよ」

「んー……」

誘われて、樹は懇願《こんがん》するような表情を葉に向ける。

自分のうちにはオープンカーなんてないので、乗ってみたい気持ちは強い。もともとこういうタイプの車が好きなのだ。

しかし残念ながら家には父親の趣味でベンツやボルボなどのお堅い感じの車しか置いてなかった。

樹が無意識のうちに行きたいな～という空気を発すると、葉は困った様子で眉を寄せる。そしてしばしの逡巡《しゅんじゅん》のあと、溜め息混じりに言った。

「どうしてもというなら、ボクも行きます」

「お前も？」

「ええ。その車、一応後ろにも座席ありますよね。いかにも狭苦しそうで、居心地が悪そうですけど」

気に入らないと言外《げんがい》に匂わせる葉に対し、愛車にケチをつけられた我王は目を吊り上げて擁護《ようご》する。

「これは、基本的には二人乗りなんだ」

「でも、シートはあるわけですし。幸いにして、ボクも樹も小柄なほうですから、問題はないと思いますけど」

「…………」

「…………」

我王の目は、お前は来るなと葉を睨みつけている。そして葉もまた、絶対についていくと睨み返していた。

一人呑気なのは樹である。二人が対峙《たいじ》しているのに気にする様子もなく、ピョンピョンと飛び跳ねて喜んでいる。

「やったー。葉も行くんなら、安心だ♡　ツマミ食いされる心配もないしね」

「……樹…だから、本人を前にしてそういうことを言っちゃダメだって言ってるのに。何しろ、赤目が本気になったら、うちなんて簡単に潰されちゃうんだよ。まぁ、赤目家の跡継ぎが、そんな狭量《きょうりょう》なはずないけどね」

「へぇ……」

樹は疑わしそうに我王を見る。

おかげで我王はしかめっ面だ。

「おい、そんな目で見るな。もちろん俺は、狭量なんかじゃないさ。この数分というもの、何度か潰してやったらスッキリするだろうな…と想像はしたが。下条の泣きっ面が見てみたい一心でな！」

「お父さんの泣きっ面……」

呟いて、樹と葉は同時に想像する。

樹はプーッと噴き出し、葉はなんともいえない顔をした。

「ちょっと見てみたくないか？　わりと可愛い気がするんだけど」

「そう？　ボクは気持ち悪いと思うけど」

「いや、可愛いだろ」

「気持ち悪いよ」

二人の意見は平行線を辿《たど》ったまま、交わることはなさそうだ。

我王は心の中で密かに葉の意見に一票を投じた。

「……対照的な感想だな。お前たち親子の関係が見て取れるぞ」

「葉だって別に、お父さんと仲が悪いわけじゃないよ。ただ、性格が似すぎてて嫌みたいだけど」

「そんなに似てないよ」

「うん。お父さんもそう言うよね」

「………」

途端に嫌そうな表情をする葉に、樹はケラケラと笑う。そして甘えるようにヒシッと抱きついて言った。

「なんかさ、一緒に遊びに行くの、久し振りじゃん？　お前ってば、えらく忙しいんだもんな。でも、今日はこのまま夜まで遊べるんだろ？　太っ腹のスポンサーもいるし、心置きなく遊べるな」

「樹……」

本人を目の前にして堂々と財布扱いする樹に、葉は笑みを隠しきれない。おそらくそんな扱いをされたことがないだろう我王が、見たことのないような複雑な表情をしているのがおかしかった。

「赤目我王はただの財布？」

「だって、自分で出すって言ったんだぞ。ありがたくご馳走してもらわなきゃ。オレたちのお小遣いじゃ、豪遊《ごうゆう》なんてできないもんな。せっかくだから、どっかテーマパークとか連れてってもらうか？」

「いいね」

葉はクックッと笑う。それは樹の前でだけ見せる、本物の笑顔だ。

我王は感心したように繁々と見つめた。

「へぇ、お前も笑えるのか」

途端に、シャッターが下りたように笑顔が消える。

「どういう意味ですか？　人間なんだから、笑うくらいしますよ」

「気色の悪い、愛想笑いしか見たことがなかったからな。アンドロイドが笑うと、あんな感じか？」

「笑顔というのは、相手によって変わってきますからね。愛想笑いしかできないような相手だったんでしょう」

「まったく、腹の立つやつだな」

当てこすりを言う葉に我王が剣呑《けんのん》な空気を発する。

樹は慌てて、葉の頭を抱え込んだ。

「葉は、人見知りするんだ。人当たりが良くてソツがないわりには、相手に慣れるのにすごく時間がかかるんだよな。こう見えて、好き嫌いも多いし」

「人見知りねぇ。付き合いの長さだけでいえば、最初に引き合わされてから、もう三年は経過しているはずだけどな。普通、それだけあれば慣れるもんじゃないのか？　だが、懐《なつ》いた感じは、これっぽっちも、まったくもって全然ないぞ」

「それって多分、ソリが合わないんだよね。もしかして、お父さんなんかと同じで、どこか性格に似てるとこがあるとか？」

「………」

「………」

葉と我王は顔を見合わせ、嫌そうにしかめる。

どうやらお互いに認めたくなさそうな様子だが、密かにそのようなことを感じているらしい。

「なんだ、図星かぁ。うーん…そういえば二人とも、どこかちょっと似たようなイメージあるかな。うん、そんな気がする」

「……冗談はやめてくれる？」

「嫌なことを言うな」

ほとんど同時に二人の口から…そして同じような表情で同じような訴《うった》えが出てくる。

妙に息の合ったところを見せる二人に、樹は喜んで手を叩いた。

「アハハ。やっぱ、似てる、似てる。そうかぁ…葉と我王は性格似てるんだ。ん?…って
ことは、お父さんと我王も似てるってこと?」

「………」

「………」

「なんか、安心した。さっ、それじゃ、遊びに行こっか?」

ガクリと肩を落とした二人には気がつかない様子で、樹は一人意気揚々としている。実
際のところ、警戒しまくっていた我王に父と弟に似ているところがあると知って、一気に
親しみを感じていた。

おかげで一気に警戒心はゼロに近いところまで急降下する。葉の登場は、あいにくと意《い》
図《と》したのとは反対の方向に作用してしまったようだ。

樹は一人でさっさと助手席に乗り込み、固まっている二人に屈託《くったく》なく笑いかける。

「早く、早く」

「なんて、呑気なやつだ」

「爆弾落としておいて、放ったらかしなんだから……」

そんなぼやきは樹の耳には届かない。ご機嫌で車内の内装を見回し、計器類に目を輝かせた。

「はーやーくーっ。時間がもったいないだろ」

「分かった、分かった」

「今、乗るよ」

苦笑しながら二人が乗り込んできたのを確認して、樹は元気に腕を振り上げる。

「しゅっぱーつっ！」

★★★

我王が高校まで迎えにきた昨日。樹と葉は、我王の車を足代わりにして、あちこちを遊んで回った。

元より樹は遠慮がちな性格ではなかったし、普段なら遠慮するであろう葉も、相手が我王とあって、意趣返《いしゅがえ》しも含めて奢らせまくったのである。

もちろんどこに行っても樹は葉にビシッとマークされ、トイレのときでさえ側を離れない感じだった。

久し振りに夜まで遊び、休みなのをいいことに寝坊する。

それこそ昼過ぎまで眠ってようやくのことで起き上がり、高子に小言を言われながら昼食を取った。

どうせやることもないし、家でゴロゴロしていようかと思ったのだが、あまりにもいい天気なので出かけることにする。

本屋で立ち読みをするのもいいし、レンタル屋でＤＶＤを借りるのもいい。散歩がてら、のんびり歩いていくことにした。

「高子さん、オレ、ちょっと出かけてくるね～」

「はいはい、お気をつけて」

「うん」

靴を履いて玄関を飛び出し、門を開ける。そのままろくに歩かないうちに、名前を呼びかけられた。

「樹」

「ん？」

声のしたほうに視線を向けてみれば、我王が車の運転席に座っていた。膝の上には書類があるから、それを読んでいたのかもしれない。

「あれ、我王だ。また来たの？」

たった一日で、もともと人懐こい樹の態度は砕《くだ》けた気やすいものになっている。葉が側にいたから安心していたというのもあるし、何よりも我王が畏《かしこ》まった対応を嫌ったということもあって、地を出すことができた。普通に友達と相対するときとまったく変わらない。

「意外と暇《ひま》なんだね。で？　何か用？」

「昨日、話に出た一万円のお好み焼きを奢ってやろうと思ったのに、そういう態度でいいのか？」

「うそっ！　ホント⁉　うぎゃ〜嬉しい♡」

フフフンと笑いながらの言葉に、樹はパッと笑顔を浮かべ、喜びに満ち溢れた表情でピョンピョン飛び跳ねる。

「なら、とっとと乗れ。うるさいのが出てこないうちにな」

「それ、葉のこと？　葉なら来ないよ。あいつ、生徒会の仕事で、休みだっていうのに学校に行ってるもん。年度末はやることが多いんだってさ。お父さんにも仕事を教わったりしてるから、遊ぶ時間なんてほとんど取れないんだよ。ホント、葉ってえらいよなぁ。オレには絶対、無理」

樹はニコニコしながらそんなことを言い、助手席に乗り込む。

「お前はいいのか？」

「オレ？　オレは、生徒会なんて絶対に嫌だね。堅苦しいの嫌いだし、書類仕事も嫌い。うちの高校、生徒の自主性を伸ばすためとか言いながら、生徒会にものすごく仕事押しつけてるからな」

葉に、一緒に入らないかと誘われたこともあるが、躊躇《ちゅうちょ》することなくスッパリと断った。それはそれは、一瞬の迷いもなくだ。その態度があまりにも決然《けつぜん》としていたからか、それからは一度も誘われていない。

「それより、お好み焼き、お好み焼き♡　うう〜っ、夢みたいだ。自力じゃ、絶対行けないもんな」

「単純なやつだ。どこかに行くんじゃなかったのか？」

「んー…暇だから、本屋にでも行こうかと思ってたんだけど。遊び仲間はみんな、この時期は部活で忙しいからなぁ。せっかく試験が終わったっていうのに。大事な試合が近いとかなんとか…おかげで暇してたんだよ」

「じゃあ、俺が誘ってやって、ありがたいか？」

「ありがたい、ありがたい。メチャクチャありがたいよ〜。さっ、行こ、行こ」

樹は嬉しそうにニコニコと笑い、我王の肩に頭を乗せて凭れかかるようにする。

無意識らしいその仕種《しぐさ》に、我王は苦笑した。

「甘やかされてるのが分かるな」

「ん？　なに？」

「お前だよ、お前。あんなに長いこと俺から隠していたことでも分かるが、あの二人にずいぶんと溺愛されてるみたいじゃないか。おかげで、こんなに甘ったれで末っ子気質に育っちまって」

妙なことを言われて、樹が口を尖らせる。

「誰が末っ子だよ。オレは長男だぞ。末っ子っていうなら、葉のことだろ。ほんの十分程度しか違わないらしいけど」

「それでも、末っ子の役割はお前がやってきたと見た。葉は可愛げがないからな。あいつの甘えるところなんて、想像できん」

「え？　なんで？　あいつ、結構甘えるぞ。夜なんてたまに、嫌な夢を見たとか言ってベッドに潜り込んでくるし」

「なんだとっ⁉」

ギョッとして大きな声を上げる我王に、樹は思わず後ずさる。

「な、なに？」

「……それは、いったいいつの話だ？　まさか、最近までベッドに潜り込んでくるなんてことはないだろうな？」

「潜り込んでくるよ。あいつ、わりと怖がりさんっていうか、甘えん坊さんだからな。外で気を張ってる分、うちでは甘えてくるんだ。可愛いとこ、あるだろ？」

朗《ほが》らかにアハハと笑う樹に対し、我王は目を吊り上げる。

たった一日で樹の性格をかなり把握《はあく》してきている我王ではあったが、それでも二人が一緒に寝ているというのは予想外だった。

もちろん、それが本当にただ寝ているだけというのは分かる。分かるが、納得できないのが本音だ。

「どうして、そんなことを許すんだ？」

「どうしてって…弟じゃん」

「弟でも、いい年して添い寝はしないいんじゃないか？　高校生にもなって、添い寝はおかしいだろう、添い寝は」

「添い寝とか言われると、そんな気もするけど…ごろ寝って言えばそうでもないだろ？　双子の兄弟がごろ寝…ほら、おかしくない」

「おかしい！　お前らのは、ごろ寝じゃなくて、添い寝だ」

「いいじゃん、別に。どっちだって、大して変わらないって」

「変わるっ！」

我王は、自分がらしくなく、ひどくムキになっていることに気がつく。だが、呑気な樹の態度に感情は高ぶるばかりだ。

我王が見たところ、葉の樹に対する執着《しゅうちゃく》の度合いは兄弟の域を超えている。確かに双子…しかもそれが一卵性ともなれば普通の兄弟よりも絆《きずな》は強いかもしれないが、それにしても少しばかり異常だろうと感じたのである。

しかし樹はそんな我王の懸念などまったく感じないようで、見当違《けんとう》いもはなはだしく感心したように言う。

「細《こま》かいことにこだわるなぁ。やっぱり、赤目家の跡継ぎともなると、そういう細かい性格になるのか？」

「あのなぁ…別に俺はそんなに細かいほうじゃないぞ。あまりにもお前が大雑把《おおざっぱ》すぎるんだ」

「いいじゃん、そんなこと。大らかっていいことなんだぞ。そんなことより、早くお好み焼き食べに行こうってば。ものすご～い旨《うま》いんだろうな。オレ、今度学校に行ったとき、みんなに自慢しちゃうよ」

「……お子様め」

その言葉は樹をムッとさせる。「子供っぽい」とか、「お子様」といった言葉は、樹の最大のNGワードだった。

「どうして、お子様とか言うかな。普通、一万円のお好み焼きを食べたら、食べたんだ～って自慢するだろ？　そんなの、大学生だって社会人だって、おじいちゃんだって一緒だと思うけど」

「そうか？」

「そうだよ。我王はお金に不自由しないから分からないんだ。どうせカードで使い放題なんだろ？」

「自分で稼《かせ》いだ金だぞ」

「……それを言われると、ちょっと胸が痛い気がするけど…でも、自分の思うようにお金を使えるのは同じじゃん。オレなんて、お小遣い一万円だぞ。お好み焼きと一緒。他のみんなはもっともらってるのに、お父さんってば厳しいよなぁ。まあ、必要なものがあればもらえるから、いいっていえばいいんだけど…やっぱり、自由になるお金ってもう少し欲しいじゃん？　そのくせ、バイトしちゃダメだって言うし……」

「それはお前が、無駄遣いをするから悪いんじゃないか？　どうせもらえれば、もらえるだけ使うんだろう？　正月にもらったお年玉、残ってるか？」

「うっ……」

「残ってないんだな？　まだ三月になったばかりだぞ。大したものだ」

「いや〜そう言われると」

テヘッと笑う樹に、我王は顔をしかめた。

「褒めてない」

「知ってる」

樹は途端に真顔になる。

しばし我王と複雑な表情で睨み合う。

「………」

「………」

「意外と、アホじゃないな」

「まぁね」

樹は肩を竦めた。

「あまりアホでも話ができないから、ちょうどいい感じか」

「それって、どーゆー意味だ」

せっかく機転の利くところを見せたのに、我王の中で少しランクが上がっただけという感じがした。

「気にするな。……ああ、そうだ。メアドと携帯番号教えろ。この前は、葉の監視《かんし》がきつくて聞けなかったからな」

「うーん。葉ってば、過保護《かほご》だから。それに、我王のこともすごく警戒してるし。トイレにまでついてきたからなぁ」

「過保護すぎる。そんなに俺は評判《ひょうばん》が悪いのか？」

「メッチャ、悪いよ。二人とも、うるさいのなんのって。聞かされるオレも、いい加減うんざりしたくらいだから」

「あいつら」

我王はチッと舌打ちをする。

「……まぁ、気持ちは分かるが。お前、母親似なんだろう？」

「顔だけ言ったら、二人ともだけどね。でもオレは、性格も母親似らしいよ。楽観主義で明るい性格って…なんかビミョーに褒められてない気もするんだけど、暗いって言われるよりはいいか」

「お前のところの、父親と弟のことだな。ああいう、根暗なやつは、俺の好みじゃないんだ。それは向こうも同じようだが……。おかげで、ただ連絡をつけるのにも一苦労だ。例えば俺がお前の家に電話したとして、『いません』と言われるような気がするのは、ただの気のせいだと思うか？」

その質問に、樹は視線をあちこちにさ迷わせて考え込む。

とりあえず、今までそういうことをされた覚えはない。だが、二人の我王に対する警戒心を考えると、高子に我王からの電話は取り次がないよう注意するくらいは平気でやりそうな気がした。

「……思わない…かも」

「やっぱりな」

我王は満足そうに頷き、次いで二人の樹への過剰《かじょう》なまでの溺愛ぶりと、自分への失礼なほどの警戒心についてブツブツと文句を言いながら、携帯電話の番号とメールアドレスを交換する。

「これで、よしと。あとは、お前が余計なことを言わなければ大丈夫だな」

「余計なこと？」

「俺と携帯の番号を交換したなんて言ったら、やつら、メモリーを消しかねないぞ」

「まさかぁ。いくらなんでも、それはないよ。オレへの過保護と、プライバシーの尊重《そんちょう》は別問題だろ。いくらなんでも勝手に携帯を見たり、メモリーを消したりしたら、オレだってキレるぞ」

「……ふむ、なるほど。なら、こっそり番号を換えるというのはどうだ？　ありそうなことだろう？」

「へっ？」

「消すんじゃなくて、換えるんだよ。一を二に換えるだけで、俺には連絡できなくなる。小賢《こざか》しい葉なら考えつきそうだな」

樹の眉間《みけん》に皺《しわ》が寄る。

ムムムッと唸り、ブツブツと呟く。

「いや…でも、まさか…いくら葉でも……」

自分で言いながら、どこか自信がなさそうだ。

普段の自分への干渉《かんしょう》ぶりや、我王への警戒ぶりを考えると、本当にやりかねない気がして怖かった。

「……とりあえず、我王とお好み焼きを食べに行くことは黙っておく」

「そのほうが賢明《けんめい》だな。ムカつくが」

「ムカつく？」

「この俺に対して、そこまで警戒することがな。まったく、失礼なやつらだ。ムカつくだろう、どう考えても」

「あはは」

樹は笑ってそれ以上突っ込むことをせず、適当に話を流した。

店の場所は事前に我王が調べてくれたらしく、すでにカーナビに登録《とうろく》済みだった。おかげで迷うこともなくスムーズに辿り着く。

念願《ねんがん》のお好み焼きを食べて。ついでにゲームセンターで対戦したりして、ケーキとお茶も奢ってもらった。

何かというとからかってくるのには辟易《へきえき》するが、基本的には優しい。それに気が利くから、一緒にいてとても快適だ。

どうやら甘えられるのが好きなようなので、父親や葉にするときと同じようにあれがしたい、これが食べたいと口にするようにした。

そうすると、妙に嬉しそうなのだ。隠しきれていないその感じは、樹が得意とするタイプだから気が楽だった。

しかしあまり遅くなると父親と葉が騒ぎ出すから、暗くなる前に家まで送ってもらうことにする。

次第に家が近づき、周りの風景が見知ったものになってくる。

運転しながら我王が問いかけた。

「どの辺りでとめる？　家の前まで行くか？」

「う〜ん…あんまり家の近くまで送ってもらうと、葉とお父さんが飛び出してきそうだから、ここら辺でいいや。歩いたって、もう五分もかからないし」

「じゃあ、端に寄せるぞ」

「うん」

スムーズな動きで車は停車し、樹はシートベルトを外した。

「ありがと。すごい美味しかった」

「それだけか？」

「他になんて言えっていうんだ？」

「言葉はそれで充分だが、もう一つ二つサービスしてもいいんじゃないか？」

「サービス？　お礼の言葉にサービスって、意味分かんないぞ」

「つまりだ……」

「うん」

何か特別な方法でもあるのかと、樹は興味津々《きょうみしんしん》だ。言葉を聞き漏らすまいと、屈み込むようにして我王に顔を近づける。

「………」

ほっぺたにチュッとキスをされる。

驚いた樹は思いっきり後ろに飛びすさる。そしてその拍子《ひょうし》に、車の扉にガツンと背中をぶつけた。

「いったぁ〜っ」

「大丈夫か？　ドジなやつだな」

「だ…誰のせいだと……うー、いたたたた……」

一瞬、息が詰まって苦しくなったほど強くぶつかったので、背中が痣《あざ》になっているような気がする。

樹は目尻に涙を滲《にじ》ませて文句を言った。

「何すんだよっ！」

「別れの挨拶だ。お前も、ほら。ここ、ここ」

まったく悪いとは思っていない表情で、我王は自分の頬を指差す。自分がしたように、樹にもキスをしろと言っていた。

「挨拶ってなんだよ。オレは、キスの挨拶なんてしたことないぞ」

「何も唇にしろって言ってるわけじゃないんだから、ケチケチするな。外国からの客にはキスもハグもするだろう？」

「………」

それは樹にも覚えがある。

父親の会社は貿易関係の仕事をしているため、小さな頃から外国人の来客は多かった。だから樹に甘い父親も英語だけは容赦《ようしゃ》なく勉強させたし、おかげで樹は英語だけは勉強しなくても成績がいい。

彼らは…もちろんお国柄で少々の違いはあるものの、概《おおむ》ねハグやキスをする。樹が年より幼く見えるせいもあって、中には腕に抱き上げる相手もいた。

しかしそれは、あくまでも外国人の話だ。

「だって我王、日本人じゃん」

「細かいことは気にするな。こう見えても俺は、対人関係においてはアメリカナイズされている部分があるんだ」

「うう〜ん…分かるような、分からないような……。なんかさー、えらく適当なこと言ってないか？」

「だから、細かいことは気にするなというのに。お前には、柔軟《じゅうなん》さというか、臨機応変《りんきおうへん》さに欠けるな。若者がそんなことじゃいかんだろう」

「その言い方、年寄りくさいし。それに我王、さっきはオレのこと大雑把だって言ってたじゃないか。それに、どうもこう…あんたのは臨機応変っていうより、口八丁手八丁《くちはっちょうてはっちょう》って感じだし。なんていうか、こう…適当に騙《だま》くらかしてやろうっていう気配がビンビン伝わってくるんだよね」

「そうか？」

「そう」

「う～む」

一応、難しい表情を作りながらも、我王の目は笑っている。

「お好み焼き、旨かったろう？」

「……旨かった」

「そのお礼に、頬へのキスくらい安いもんじゃないか？」

「むむっ……」

樹は考え込む。

キスをするかしないかではなく、どうも上手いこと言いくるめられているのではないかという疑問だ。

騙されるのは嬉しくない。

「……まぁ、そんなこだわるほどのことでもないか。実際、お好み焼きは、ものすご～く美味しかったわけだし」

「そうそう」

満足そうに頷く我王の頬に、チュッとキスをする。

「じゃあね！」

そう元気良く言って、樹はパッと車から降りる。そしてそのまま駆け足で自分の家の方向へと走り去った。

「……情緒《じょうちょ》のないやつだ」

我王はクックッと笑いながらぼやき、静かに車を発進させた。

樹と我王の交流は、父親と葉の目を盗んでひっそりと…だが確実にその距離を縮めていった。

メールアドレスと携帯電話の番号を交換したので、連絡はすべてそちらのほうでしている。もちろん、葉たちのいない場所でである。

どうやら我王の通っている大学も休みに入っているらしく、一緒に出かけるのはほぼ毎日のこととなった。

我王と一緒にいると、楽しいのである。ちょうど遊び相手も忙しくしていることだしと、樹は我王から連絡が来るのを心待ちにしている。

パーティーから二、三日の間というもの、父と顔を合わせると、その度に「あの方には近寄ってはいけない」と釘を刺された樹だが、それもしばらくすると静かになった。

何か言いたそうな顔はしていたものの、実際に口にすることはなくなったので、ずいぶんホッとしたものだ。

やはり、ウソをつくのは苦手だ。

樹はウソが下手で、最後までつき通せた例しがないので、問い詰められたらヘロリと本当のところを告げてしまいそうだ。

だから父親が、我王に近づくなというだけで、樹に付き合いがあるか聞いてこないのはとてもありがたかった。

一方、葉も何も言わない。

ここのところ、忙しさに拍車《はくしゃ》がかかっているようで、夕食にも間に合わないことがあるから、樹が毎日遊びに出かけていることに気がついていないのかもしれない。

しかしそれは誰と出かけているのか追及されずにすむということで、樹にとってはとても好都合だった。

一応、出かける時間から逆算して目覚まし時計をセットしたものの、二度寝は大の得意だ。

結果、「遅れる〜」と慌てふためきながら家を出ることになる。

待ち合わせ場所は、家から五分とかからない、車のとめやすい道路だ。我王は家まで車で迎えにくると言ってくれているのだが、もし我王と樹が出かけていることを父親と葉が知れば、うるさいことになるのでやめてもらっている。

樹が食われるんじゃないかと心配で仕方ないのだ。葉はともかくとして、父のほうは、子供ほどの年齢の我王に尊敬の念すら抱いているようなのに、それがこと恋愛となると話は別のようだった。我王には信頼のカケラすらないのが伝わってくる。

樹が我王の好みのタイプだと知って隠し続けていた二人なだけに、下手なことをするとどちらかが血を吐いて倒れるんじゃないかと心配で、楽だからという理由で我王に迎えにきてもらうわけにはいかなかった。

だから樹の家からほど近い、だが二人が利用しなそうな道を選んで待ち合わせをしているのである。

いつもの待ち合わせ場所に車をとめて待っていた我王に、樹は顔の前で手を合わせながら乗り込む。

「お、お待たせ」

「七分の遅刻だぞ」

「んー、ごめん。なんか、バタバタしちゃって。それにほら、春先はどうも眠気が抜けないっていうか、なんていうか」

「つまり、時間どおりに起きれなかったんだな」

「そういう感じ」

「子供みたいなやつだ」

「大人だって、起きるのが苦手な人間はいるだろ。もしかしたらオレ、低血圧かもしれないし」

「それはないだろう。どう見ても」

「見た目で決めんな」

樹がブーブーと文句を言うと、我王はニヤニヤと笑って問いかける。

「年に一度、健康診断があるだろう？　そこで、一度でも低血圧だなんて言われたことあるか？」

「ないけど…一年の間に変わってるかもしれないじゃん」

「じゃあ、去年までは、すっぱり朝起きられたんだな？」

「うっ…い、痛いところを……」

去年も一昨年《おととし》も、樹の寝起きは今と変わらない。そしてこれまで、一度たりとも血圧が正常でなかったときはなかった。

極めて健康体な樹にとって、いい言い訳になるという意味で、低血圧という言葉には一種憧《あこが》れの響きがある。

しかしこれ以上この話をしていてもいいことはなさそうだと判断して、樹は話を変えようとする。

「……それで？　今日はどこに行くの？」

「昨日、温泉に浸《つ》かりたいとか言ってなかったか？」

「言った。出かける準備しながら見てたテレビで、温泉の特集やってたから。……え？　じゃあ、温泉に向かってるわけ？」

「ああ。箱根に別荘があるから、そこにな。途中、どこかで飯を食って…ドライブ、好きだろう？」

その質問に、樹は勢いよくブンブンと首を縦に振る。

「好き～っ。この車、オープンカーだから、こんな天気のいい日はすごい気持ちいいしね。それにせっかく速そうな車なのに、東京の混んでる道ばっかりじゃつまらないって思ってたんだ」

「まぁ、確かに。都内を走るには、あまり向いているとはいえない車だ。オープンにしている状態で排気ガスをバンバン出されると、泣きたくなるしな。だから、普段は幌《ほろ》つきで走ってるんだぞ」

「そうなんだ？」

「ああ。オープンにしてるのは、お前に対するサービスのようなもんだ。お子様は、大抵こっちのほうが好きだからな」

「お子様言うな！　高校生だっていうの。来年は、オレだって免許取れる年なんだぞ。十八になったら速攻で免許を取って、お父さんにもう少しマシな車を買ってもらうんだ。黒のベンツって、悪いけどオレの趣味じゃないし。あれをオレが運転してたら、すごい違和感ない？」

「まぁ、そうだろうな。しかし…お前みたいなやつに、免許が取れるか？　取れたとしても、あの過保護な下条が車を買い与えるとは思えんが……」

「そうしたら、黒のベンツで我慢する。お父さんがダメだって言っても、勝手に乗っていっちゃうもんね。我王も乗せてあげようか？」

「………」

返事はない。

我王は不自然なほどの無表情で前を見据《みす》えて運転し、樹のほうにはチラリとも視線を向けなかった。

「なんだよー、感じ悪いな。うんとかすんとか言え」

「じゃあ、ノーと言っておこう」

「ん？　何がノー？」

「お前の運転する車に乗ることだ。まだ死にたくないからな。万が一、奇跡《きせき》が起きて免許を取れたとしても、運転はしないほうがいいぞ。そのほうが自分のためだ。免許証は記念に取っておくだけにしておけ」

その言葉に樹は目を吊り上げる。

「し、失礼なやつ！」

憤慨《ふんがい》する樹に、我王は妙に静かな声で言う。

「まだ若い身空で、死にたくないだろう？」

「……」

いつものようにからかってくれれば樹も言い返せるのだが、そんなふうにしんみりした口調だと真剣味が伝わってくる。

リアルに考えさせられ、樹は言葉に詰まった。

「じ、事故ると思う……？」

「かなりの高確率でな」

「うっ…ひどい……」

「まぁ、ドライブしたくなったら俺に言えよ。安全に楽しませてやるから」

「う〜っ」

「いいじゃないか。この車、好きだろう？」

「好きだけど…複雑な気持ち。そんなきっぱり事故るとか言われたら、免許を取る気がなくなるじゃないか」

「そのほうが身のためだな。それに、助手席のほうが楽だぞ。お菓子も食べられるし、ゆっくり景色も楽しめる。眠くなったら、シートを倒して眠れるしな」

「う～ん、確かに……。運転してたら、どれもできないことだなぁ」

「お前なんかが運転したら、『海だ。綺麗だなぁ』なんて喜んでいるうちに、ガードレールに激突という感じか？」

「あ、ありえそうで嫌だ……」

「その点、助手席だったら海だろうが山だろうが、のんびり見物していられるぞ。いいこと尽くめじゃないか」

「……なんか、そんな気がしてきたぞ」

「事実、そうなんだ。信じろ」

「んー……」

「ああ、ダッシュボードの中にチョコレートが入ってるぞ。もらいものだけどな」

「チョコ？　食べるっ！」

樹は嬉しそうに目を輝かせると、早速ダッシュボードを開けて中に入っているチョコレートの箱を取り出した。

「お～。美味しそう♡」

いろいろな形のそれらに迷いながら一粒選び、あーんと大きな口を開けて放り込む。

「ん～、美味しい♡　やっぱオレ、助手席でいいかも」

「単純だ……」

だが、そこが可愛い。

父と弟に守られて育ったせいか、樹に卑屈《ひくつ》なところはない。我王が赤目家の跡継ぎで自分の家の主筋に当たると知っていても、我王におもねったりしない…おそらく考えつきもしないだろう無邪気さに神経が休まる。

樹の周りの人間が、寄ってたかって甘やかす気持ちも分かる。こんなふうに嬉しそうな笑顔を見せられると、ついつい甘くなってしまうのだ。

しかも樹を可愛いと思い、甘やかしたがる人間は大勢いる。目を離すと他の人間に懐かれてしまいそうで、我王は多忙《たぼう》の中、無理やり時間を捻出《ねんしゅつ》していた。

おかげで睡眠時間がだいぶ削《けず》られている。もともとそんなに睡眠を必要とするほうではなかったが、それにしても疲労《ひろう》が溜まるのは確かだ。

だからこの度の温泉日帰り旅は、樹のためだけでなく、自分のためというのもある。それにさすがの樹も警戒しているだろうから一緒に入ってくれるかは疑問だが、そっちの方面でのお楽しみもあった。

「さすがに蒙古斑《もうこはん》はないだろうな……」

樹に聞かれたら間違いなく怒るだろう呟きは、幸いにして次のチョコレートを選ぶのに夢中になっている樹の耳に届くことはなかった。


樹のお尻に蒙古斑がないのは確認できた。

もしかしたら警戒して一緒に入らないのではないかと思っていたのだが、樹にそんな考えはこれっぽっちもなかったようだ。

温泉は、誰かと一緒に入るものと思い込んでいるのかもしれない。

一切の警戒を忘れた様子で思いっきりよく服を脱ぎ、露天風呂に歓声《かんせい》を上げながら勢い良く飛び込んだ。

あとから入っていった我王にご機嫌で話しかけ、プカプカ浮いたり泳いだりと子供のようにはしゃいだ。

我王が自分の体に怪しげな視線を這《は》わせるのも気がつかないらしい。その姿はあまりにも無防備《むぼうび》で、その気のなかった我王がちょっとばかり「押し倒しちゃおうかな……」と考えるほどである。

しかしまだそういった関係に持ち込めるほど樹の心に食い込めていないのは知っているので、理性を総動員してグッとこらえることとなった。

日が暮れる前に樹を送り届けるのが、二人の間の暗黙の決まりごととなっている。あまり遅くなると、うるさいのが二人、騒ぎ出すと分かっているからだ。

なのであまりゆっくりもしていられず、一風呂浴びてからしばらく休憩《きゅうけい》し、またすぐに車に戻ることとなった。

どうせなら一泊したいところだが、樹の保護者たちが許すはずがない。それにさすがの樹も、それには難色《なんしょく》を示しそうだ。一泊するということはつまり、それなりに覚悟《かくご》を決める必要があるからである。

樹との旅行の楽しみはもう少し先に取っておいて、我王は車を樹の自宅へと向ける。

二人で出かけるのもほとんど毎日のことと化しているので、だんだん形式が決まってきている。

待ち合わせ場所とさよならする場所は同じ。そして時間は、そのときによって多少の変動はあるものの、樹の寝坊ぶりを考慮《こうりょ》して大体昼頃だ。そしてお別れの挨拶である頬へのキスは、なし崩し的に習慣とさせられている。

たとえ樹が嫌だとごねたとしても、気がつけば上手いことそっちの方向に誘導《ゆうどう》されてしまうのである。その辺りはやはり経験の差なのか、樹はどうにも敵わなかった。

この頃では、こんなに早い時間に我王と別れるのが寂しくなってきている。仕方ないことだと分かっていても、もう少し一緒にいたいなどと思ってしまうのだ。

しかしそんなわけにはいかないから頬にチュッとキスをして踵《きびす》を返し、小走りで家の中に飛び込んだ。

「ただいま～」

声をかけながらリビングに入ると、葉が手に何やら書類を持ってソファーに座っていた。普段なら自分の部屋でやるようなことをしているところを見ると、樹に用があって待っていたらしい。

「遅かったね」

後ろめたいところのある樹は、不自然ににこやかな葉の笑顔を向けられて少々怯《ひる》むものを感じた。

顔は笑みの形を作っていても、葉が戦闘態勢に入っているのが感じられたのである。

こういうときの葉には要注意だ。じっくりと熟慮を重ね、確信に至ってから問い詰めるのが常なので、逃げる隙を与えてくれない。今まで樹は、こういう表情を浮かべている葉を誤魔化《ごまか》せた例しがなかった。

内心で冷や汗を流しつつ、無理やり笑みを作って言う。

「た、高子さんは？」

「買い物。それで？　どこに行ってたって？」

「ちょっと遊んできただけだよ」

「ふーん。どこで？」

「どこって言われても…一ヵ所っていうわけじゃないから。い、いろいろ？」

「いろいろねぇ。じゃあ、誰と？」

「………」

「学校の友達？　違うよね。樹と仲のいい友達は、今の時期、みんな練習に必死なはずだから。かといって、他に樹が連日遊ぶような相手なんて思いつかないなぁ。幼等部から同じような顔ぶれで育ってきてるせいで、あんまり交友関係が広がらないしね。樹は部活もバイトもしていないから、余計だよね。それじゃあ、樹が毎日一緒に遊んでる相手は誰なんだろう……？」

「………」

すべて分かっているくせに、そんなふうに聞いてくるところが可愛くない。我王が葉のことを、「あいつは可愛げがない」と連発する気持ちが分かるような気がした。

葉はたっぷりと間を開けて樹に冷や汗を流させ、それからおもむろに質問する。

「樹…ボクの知らないところで、あいつと会ってない？」

葉の言う「あいつ」が誰かは明白だ。

ついにはっきりと問いかけられた樹は、ビクリと肩を震わせる。頭の中には「まずい」とか「やばい」といった言葉がグルグルと巡《めぐ》っていた。

「樹？　誰と遊びに行ってるの？　赤目我王？」

「………」

「答えられない？　でも、否定しないっていうことは、そうなんだよね。顔にはっきり書いてあるよ。後ろめたいって」

やはり樹は答えられない。反射的に顔に手をやりそうになったが、なんとかその衝動《しょうどう》をこらえるので必死だ。

しかし葉はもう結論に達し、悲しそうな…だが同時に、たっぷりと非難を込めた目で樹を見つめる。

「どうして、樹。なんで赤目我王なんかと？」

「ええっと…なんとなく？」

「なんとなく⁉　なんとなくって……」

「だって、別にあいつ、お前たちが言うような、極悪非道の強姦魔じゃないぞ。そりゃ、ちょっと強引なところはあるけど、無理強いされたことなんて一度もないし」

その言葉に、葉は呆《あき》れたような視線を向ける。

「あのねぇ…誰も、あいつが強姦魔だなんて言ってないよ。力ずくで…なんてことも、心配してない。ただ、あいつは口が上手くて、他人を自分のペースに乗せるのが得意なんだ。単純…じゃなくて、素直な樹なんて、コロリと丸め込まれちゃうよ。で、気がついたらベッドに連れていかれてるなんてことになるんだ」

「単純って、なんだ！」

葉の言い直した部分をしっかりと聞きつけていた樹は、憤然とする。しかし葉は軽く肩を竦めただけでそれをいなした。

「事実だしね。そこが樹の可愛いところなんだけど、こういうときはさすがに、もうちょっと慎重になってくれればいいのにって思うよ。……樹…赤目我王は、ダメだよ。樹なんかじゃ、御《ぎょ》しきれない」

なんかと言われ、樹はムッとする。葉に悪気はないし、ただ単に事実を事実として言っているだけだと分かっていても、腹は立つのだ。

実際のところ、自分に我王をどうにかできるとは樹も思っていない。

我王は優しいし、樹を甘やかして好きなようにさせてはいるが、本当に主導権《しゅどうけん》を持っているのは我王のほうだと感じていた。

ただ、一緒にいて楽しいのだ。

どこか父や葉と似た…だが、確実に違うと思える甘やかしは、樹になんともいえない居心地の良さを感じさせた。

だからなのか、葉の言葉に苛立《いらだ》ちを覚える。

今までだったら、葉が何か言ってきても気にしたりはしなかった。こんなふうに葉が言ってくるのはよほどのときだけだったし、そういう場合は大抵、本当に問題のある相手だけだったからだ。

葉が自分のことを心配して口出ししていると知っていたので、樹も邪険《じゃけん》にしたりはしなかった。

しかし今回は違う。我王とのことに嘴《くちばし》を突っ込まれると、どうにも苛立って仕方ないのである。

樹は苛々しながら言った。

「もう！　うるさいなぁ。オレが誰と付き合おうと、葉には関係ないだろ。そんなキャンキャン言われる筋合いないぞ」

「なっ…！　じゃあ、やっぱりあいつと付き合ってるんだ。どうして⁉　あんなに、赤目我王だけはダメだって言ったのに。ボクだけでなく、お父さんにだって言われてたじゃないか‼」

「そんなの、最初のうちだけだ。すぐ、なんにも言わなくなったぞ」

「上から…というか、赤目から圧力がかかったんだよ。そんなの、考える必要もないくらい明白なことじゃないか。何百年も前から赤目家はうちの主家で、お父さんは赤目の総師に敬服《けいふく》してる。赤目我王のことだって、性癖《せいへき》はともかくとして、跡継ぎとしてその力量を認めてるんだから、逆らえるわけないよ」

「そ、そうなのか？」

「そうだよ」

「………」

父は、樹にその辺りの事情は一切言わない。複雑な人間関係があるのは知っていても、細かいところまではさっぱりだった。

おかげで、どうして父がもの問いたげな、不安そうな視線を自分のほうに向けていたのか理解して、樹は妙に納得する。

「う〜ん…かわいそうなことしちゃったかな？」

ひどく心配性なのだ。もともと神経質なところがあるのに、樹のことに関してはその傾向が顕著《けんちょ》になる。

樹の性格を尊重して野放しにしてくれているらしいが、本当は家の中に囲い込んでおきたいというのが本音らしい。以前、葉がチラリとそんなことを言っていて、しかも葉も同感とのことだった。

さすがの樹も、ちょっとばかり過保護なんじゃないかと思わずにはいられないが、考えるだけで実行に移したりしない理性には感謝していた。

「樹……」

「ん？」

呼びかけられて視線を上げた樹は、葉の手が樹のシャツにかかり、指が一つずつボタンを外していくのを不思議そうに見つめる。

「葉……？」

一体何をしているのだろうかと、怪訝に思った。着替えをさせてもらわなければいけないような年齢ではないし、そんな場所でもない。第一、肝心《かんじん》の着替えがないのに脱がせてどうするんだろうと首を傾げる。

葉は樹の疑問には答えず、シャツの前を開いて裸の胸を露にした。

「どうして樹は、あんなやつがいいんだろう？　友達…ではないんだよね？　あいつのこと、特別に好き？」

「う〜ん、まぁ……」

はっきりと答えられないのは、自分の気持ちがよく分からないからだ。それでも、我王のことを友達とは認識していないことは分かっている。

我王はもっと…まだなんという言葉を当てはめればいいのか分からなかったが、友達とも、ただの知り合いとも違う何かだった。

「……じゃあ、ボクは？　ボクのことはどう思ってる？　ボクはずっと樹のことが好きで…樹だけを見てきたのに。ボクが本当に欲しいのは樹だけで、樹だけいればいいんだ。樹が、好きなんだよ……」

暗い声でそんなことを呟きながら、葉は樹の胸に吸いつく。チュッチュッと音を立て、いくつもの赤い跡を残した。

「………」

際どい瞬間だ。

普通の兄弟ではありえないその行為に葉はすべてを賭《か》けていたが、あいにくとその対象である樹は鈍かった。

葉の行為に特別な何かを感じ取ることはせず、先ほどの言葉の内容と併《あわ》せて子供みたいだと笑う。

つまりは、ずっと一緒だった双子の弟が、兄を他人に取られる気がして不安がっていると判断したのである。

おかげで樹のそれまでの苛立ちは綺麗に流れ去り、大事な分身でもある双子の弟に対する愛情が滲み出してきた。

「そんなの、オレだってだぞ。オレたち、一卵性の双子だもんな。特別な存在だ。分身だろ？　小さい頃は、お互いの気持ちを感じあうこともできたよな。だから、かくれんぼしてても五分で見つけられちゃって面白くなかったけど」

「違うよっ」

楽しそうに笑って昔話に入り込む樹を、葉はもどかしげに遮《さえぎ》る。葉が言っているのは、そういうことではないのだ。

樹を独り占めしたかった。

自分だけを見てほしかった。

母のお腹の中で一緒に育ち、唯一無二の分身として誕生したのである。

成長するに従って、口では別々の人間だからと言いながら、本当は樹に溶《と》け込んでしまいたかった。できることなら二十四時間べったり一緒にいたいのに、自ら引き受けた家や高校での役割がそれを妨《さまた》げる。

それでも、樹はいつまで経《た》ってもお子様で、色めいた気配がないことから安心していたのである。

樹の友人たちは一様に葉のことを尊重し、樹と葉の間には割り込まないから邪魔にはならない存在だ。見た目にそっくりな一卵性の双子ということで、樹の一番は葉だと納得してくれていた。

しかし我王は違う。

我王は、葉から樹を奪う人間だ。葉と同じくらい独占欲が強く、葉が樹に兄弟以上の感情を持つことを許さない。双生児としての絆さえ、大人になれば離れるものと言って、引き離そうとする可能性が強かった。

葉は、心配でたまらなかったのだ。

樹の変化を為《な》すすべもなく見送ってきた葉だったが、ついに我慢できずにずっと気になっていたことを質問することにした。

「樹…あいつと…セックスしてる……？」

「セッ…⁉」

唐突《とうとつ》かつ露骨《ろこつ》な質問に、樹はヒュッと息を飲み込む。

驚きのまま固まっていると、葉が眉を寄せて先を続ける。

「樹が童貞なのは分かってるけど、あいつと関係があるかどうかまでは分からなくて。この頃、少し雰囲気が変わったから……」

「オレ、変わった…？」

「少しね。ボクに、秘密を持つようになったし。以前の樹だったら、面白いことがあったら全部言ってくれたのに。今は、隠そうとしてる」

その言葉に樹は後ろめたさを感じる。

ムニャムニャと口ごもりながら、それでも果敢《かかん》に言い返す。

「それは…だって、お前たち、我王と会ってるなんて言ったら、絶対怒るに決まってるじゃん。だから言うわけにはいかないしさー…別にオレだって、好きで隠してたわけじゃなくて……」

「女性を知らない状態で、男に嵌《は》まるなんてよくないと思うよ。癖になったら困るだろう？　せめて童貞を卒業してからじゃないと」

我王とセックスをしているかと聞かれたとき以上に、樹はアワアワと動揺する。

どうにも奥手なところがあるせいか、こういった話題は苦手としている。葉とも避けてきた傾向があるのに、自分をネタにズバズバと切り込まれるのだから動揺しないはずがなかった。

樹は真っ赤になって怒鳴った。

「な、な、なっ！　そんなの、お前だって一緒だろ！」

その言葉に、葉は苦笑を浮かべる。

「ボク？　ボクは童貞じゃないよ。もうとっくの昔に経験してるから」

「ええっ？　ほ、本当か⁉　本当に⁉」

「うん、悪いけど」

葉はきっぱりと頷いた。

当然のように双子の弟は自分と同じ境遇だとばかり思っていた樹は、驚きに目を見開きながら葉に詰め寄る。

「いつ⁉　誰と⁉」

「中三のときに、家庭教師の先生と」

「………」

明確な答えに樹は少し考え込み、ギャッと声を上げた。

「そ、それって、愛美《あいみ》先生⁉」

「そう」

「うっそ〜っ‼」

あまりの衝撃《しょうげき》に、樹はギャーッと悲鳴を上げる。

一流大学の現役女子大生だった愛美先生には、葉だけでなく樹もお世話になっていた。エスカレーター式なので受験などはなかったが、一応上に上がるための進学試験があるのでお願いしたのである。

美人で、清楚《せいそ》な感じの女性だった。近寄ると香水のいい匂いがして、憧れの視線を向けていたものである。

女性として素敵《すてき》だとは思っていても、恋愛対象…ましてや肉体関係になれるとは夢にも思わなかった相手で、それだけにその人を相手に双子の弟が童貞を捨てたと聞かされたのはショックだった。

頭の中が殴られたようにガンガンと痛む。

「それで？　してるの？」

頭の中が真っ白で、一瞬何を聞かれているのか分からなかった。

だがすぐにそれが我王とセックスをしているのかという質問の続きだと気がつき、顔をしかめる。

「…………」

「樹？」

答えないでいると、更に促される。

素直に答えるのは業腹で、樹はムムムッと盛大に眉を寄せた。

「オ、オレが誰とエッチしようが、葉には関係ないだろ！　いくら双子でも、そこまで干渉される覚えなんかないぞ」

「樹が心配なんだ！　あいつに遊ばれてるに決まってるんだから」

その言葉に、樹はムッとする。

我王とセックスしている事実はないが、頭から遊ばれていると決めつけられるのは不愉快だった。

「なんでそんなこと言えるんだよ。オレが遊ばれてるっていう証拠でもあるのか？」

「葉は知らないだろうけど、あいつは本気になんかならないよ。あいつが、うちの高校の生徒にも何人か手をつけてるの、知ってる？　知らないだろ。例えば、二学年上の鷺沢《さぎさわ》さん。男だけど、すごい美人だったよね。あの人は、四ヵ月あいつと付き合って、振られたんだよ」

「さ、鷺沢さんって、あの鷺沢さん？　誰にも落ちなかったたって聞いたような気がするんだけど……」

「うちの生徒にはね。でも、赤目我王と付き合ってたんだ。それに、一つ上の近村《ちかむら》さん。あの人は、たったの一ヵ月。ずいぶん短かったみたいだね」

「ウソ…だろ……？」

「本当だよ」

「………」

衝撃に衝撃が積み重なっていく。

葉の童貞とっくに卒業に、我王の恋愛遍歴《へんれき》…しかも、樹が知った名前だけでも二人はいるらしい。

自分の知らない事実が次から次へと晒《さら》されて、樹はもういっぱいいっぱいである。頭の中はかなりの混乱状態だった。

「ううう～っ……」

唸る樹に、葉は更に問いかけた。

「それで？　赤目我王とはどうなってるの？」

執拗《しつよう》なまでの質問に、樹の中で何かがプツリと切れる。

ガーッと牙《きば》を向くと、ブンブンと腕を回して怒鳴り散らした。

「してるよ！　してて悪いかっ‼」

「樹⁉」

「我王と付き合ってるんだぞ！　セックスくらい、してるに決まってんだろ〜‼」

樹はそう喚《わめ》くと、踵を返して居間を飛び出す。

ダダダッと一気に階段を駆け上がり、自分の部屋に飛び込む。その勢いのままベッドにダイブすると、頭を抱えてうぎゃ〜と声を上げた。

後悔がドッと押し寄せる。

葉に強く迫られて、とんでもないことを言ってしまった。我王と寝ているなど、ウソもいいところである。

しかも我王には手が早いというイメージがあるせいか、どうやら葉は頭から信じてしまったらしい。

いつもの葉だったら、樹のウソはすぐに見抜くから、やはり葉も相当混乱しているのは間違いなかった。

「……でも、でも、今更、あとには引けないしっ！……オレってば、いらないところで意地っ張りだったりするんだよなぁ。我ながら、困った性格……。でも、ウソだって言うの、なんか悔《くや》しいし‼」

葉がすでにチェリーボーイではないと聞かされたのが、樹の意地っ張りぶりに拍車をかけている。てっきり葉もまだ童貞だと思い込んでいただけに、先を越されてものすごいショックだった。

自分だけ未経験というのが、なんだかものすごく嫌だったのである。それが子供っぽい見栄《みえ》だと分かっていても、前言を撤回《てっかい》する気にはならなかった。

「ううっ…こうなったら、何がなんでも明日、我王と会ってエッチ…エッチ？　エッチすんのか、オレ？　我王と……？」

自分で言って、ギャーッと頭を抱える。

もちろん樹だって我王と付き合っている以上、もしかしたらいつかはそういうこともあるかもしれないと漠然《ばくぜん》と感じてはいたが、まさかこんな急に…しかも自分のほうから仕掛けることになるとは思わなかった。

「ううっ…どうしよう……。そういうときって、どんなふうに誘えばいいんだ？」

女の子相手ですら自信がないのに、それが男ともなると想像も及ばない。おまけに相手は百戦錬磨の我王なのだから、樹はもう途方に暮れるしかなかった。

「どうすればいいんだ〜」

ゴロゴロとベッドの上でのた打ち回りながら必死で考えて、出てきたのは「当たって砕けろ」作戦だ。

臨機応変に対応するといえば聞こえがいいが、つまりはなんの妙案も思い浮かばなかっただけである。

「と、とりあえずメール…待ち合わせ……」

まずは我王と会わないことには話が進まない。進んでほしくない気もするが、あいにくと樹は意地っ張りなのである。

忙しかったらいいな…と密かに心の中で思いつつ、明日会いたいとメールを送ればすぐに返事が返ってきて、OKだという。樹はホッとするべきか、それともガッカリするべきか迷ってしまった。

一瞬、息を呑んで怯んだのは確かだ。自分で誘っておいて、「来れるのか〜っ」と突っ込みたかったのも事実である。

「うあっ〜…複雑ぅぅぅ」

樹は枕に顔を埋めてのた打ち回った。

★
★
★

我王と待ち合わせた樹は、常になく早く到着してしまった。時計を見れば、まだ約束の時間まで十五分もある。

いつもだったら今頃はまだ身支度をしている途中か、良くても家を出る寸前というところだ。

仕方なくガードレールに腰を下ろし、ぼんやりと空を見上げた。

青い空を見つめながら、考えごとに耽《ふけ》る。頭の中を駆け巡るのは、昨夜の、売り言葉に買い言葉で葉に言い放ってしまった言葉である。

「うう〜…変なこと言っちゃったよ……」

勢いとはいえ、我王と寝ていると言ったのはまずかった。葉はかなりのショックを受けていたし、今日はまだ部屋から一歩も出てこない。

普段から規則正しい生活を心がけている葉は、休みだろうが何だろうがいつもどおりの時間に起きてくるのが普通なのだ。

もしかしたらまた寝込んでいるのかもしれない。

この前寝込んでからまだそう時間が経っていないからまさかとは思うが、念のために高子に様子を見てくれるよう頼んできた。

　さすがに葉と顔を合わせるのは気まずかったのである。

　樹に負けず、きっと葉のほうも頭がグルグルといろいろなことでいっぱいで、ろくに眠れなかったに違いない。

「ああ、まいったなぁ……」

　思いがけず、面倒ごとに足を踏み入れてしまっている。

　我王と遊ぶのが楽しくてついつい流されるままになっていたが、それが今や樹を大変な窮地《きゅうち》へと追いやることになった。

「オレってば、本当にやるんだろうか…っていうか、できるのか……？」

　眉間に皺を寄せた難しい表情で、ブツブツと呟く。おかげで道行く人々に、奇異の視線で見られてしまった。

　もっともそれどころではなかった樹はまったく周囲の視線を気にかけることなく、ひたすら自分の考えに没頭《ぼっとう》する。

「待ったか？　お前が約束の時間より前に来るなんて、珍しいじゃないか」

「ギャッ！」

　声をかけられるまで、我王が来ていたことに気がつかなかった。

我王はすぐ側に車を乗りつけて、あまつさえ降りて樹の側まで回ってきているというのに、まるで気がつかなかったのだからすごい。

樹は落ち着きなくアワアワと両手を動かし、とにかく何か言わなくてはという一心で口を開いた。

「こ、こ、こ、こんにちはっ！」

「……こんにちは？　なんだ、それは」

我王は怪訝そうに眉を寄せている。

樹は焦るあまり、妙なことを言ってしまったと動揺を重ねる。

「な、なんでもない！　急に現れたから、ビックリしただけ！」

「おかしなやつだな」

我王が眉を上げて笑うので、樹もニヘラと笑い返す。

少しばかりぎこちないものになってしまったのは、現在の樹の緊張具合を考えれば致し方ないところだ。

樹はこれだけでもう疲労を覚え、ハァッと小さな溜め息を漏らした。

我王の顔がちゃんと見られない。本当に自分はこの相手とエッチをするのだろうかと考えると、場所柄もわきまえず喚きたくなった。

「あうぅ……」

喚く代わりに小さく呻いて、樹は拳を握る。緊張のあまり、手がジットリと湿っていて気持ち悪かった。

「どうする？　腹が減ってるなら、軽く食事にでもするが」

「うーんー」

「先にデザートでも食うか？」

「んー…そうだなぁ……」

我王が何を話しかけても、別のことで頭がいっぱいの樹は生返事しかできない。どうやって我王を誘うのか、そして本当に男相手にセックスなんてできるのか、そんなことで頭がいっぱいだった。

しばらく話しかけていた我王も、樹の反応のなさにはさすがに溜め息を漏らさずにはいられないらしい。

怪訝そうに顔をしかめ、額に手を当てて熱を測ろうとした。

「おい、こら。変だぞ、お前。どうしたんだ、今日は。特に熱はないようだが…何かあったのか？」

「え？　うっ？　い、いや、別にっ！　何もない」

「何もないっていう顔じゃないぞ」

「そ、そう？」

指摘《してき》され、樹は慌てて両手で顔を押さえる。もしや全部表情に出ているのではないかと思うと、なんともいたたまれなかった。

「ああ。どこから見ても、おかしい。何かあったのは間違いなさそうだが、いったい何があったんだ？」

「そ、それはー……」

「それは？」

「ううっ……」

言うなら、今がチャンスだ。昨夜の葉とのやり取り、それに関連して、本当にエッチしようと持ちかけることもできる。

だが頭で考えるのと、実際にそれを口にできるかは別の問題だ。

樹はウーウー唸るばかりで、話すことができなかった。

何しろ、そんなことを言ったら間違いなくエッチが待っている。すぐさま近くのラブホテルに連れ込まれるかもしれない。

「何を唸ってるんだ？」

「う〜っ……」

「言いたいことがあるんなら、言え」

「うう〜っ（言えるかぁ！）」

樹の心の叫びは我王には届かない。もちろん届いたら困るに決まっているのだが、樹のストレスは溜まる一方だ。

しかも樹は我慢強いとはお世辞《せじ》にも言えない。こらえ性《しょう》のない性格で、そのことをよく父親にも注意された。

しかし今もそれは治っておらず、考えるのがだんだんと面倒に感じてくる。どうせいい案など思いつかないのだから、いっそすべてのプロセスを無視して「エッチしよう」と言ってやろうかと思ってしまった。

さすがの我王でも、驚くに違いない。もしかしたら我王の間抜けな顔が見られるかもしれないなどと考えると、ちょっとばかり悪戯《いたずら》心が疼《うず》いた。

「……どうしよう…すごく見たいぞ」

「ん？」

俯《うつむ》いた樹を覗き込んでくるその顔も男前である。表情が乏《とぼ》しいとは思わないが、常に一定のラインを崩さない感じがするのだ。

今度は見たい、見たいで頭がいっぱいになる。

「あ……」

衝動のままに口を開きかけたところで、突如《とつじょ》として現れた女性がそれを遮るように二人の前に立ちはだかった。

「ちょっと、我王。ようやく捕まえたわよ～。いったいどういうことなの。一方的に別れるなんて言われても、納得できるはずないでしょう」

その内容から、我王の恋人だった女性だということが分かる。しかも下手な別れ方をしたらしく、烈火《れっか》のごとく怒っていた。

葉からは、我王は別れ方が上手いと聞いていただけに、そんなふうに怒っているのは不思議な気がする。

しかし、美人は怒っていても美人だ。滅多に見られない美女の登場に、樹は状況も忘れて思いっきり見とれてしまった。

「美人～♡　目の保養～♡♡」

どうやら思いっきり声に出ていたらしい。

「あら……」

そこで初めて女性は、樹の存在に気がついたようである。

「あなたね、最近我王が夢中になってるっていう子は。……ずいぶん、今までとは雰囲気が違うけど」

「違う？」

「全然、違うわ。だって…私が言うのもなんだけど、我王が付き合う子ってもっとこう…スマートなタイプっていうか……」

その言葉に、樹は悲しげな表情を浮かべる。

「オレ、デブ？」

「まさか、違うわよ」

女性はそれまでの怒った顔から、笑顔へと変わる。コロコロと楽しそうに笑って、樹に笑顔を向けた。

怒っていても綺麗なのだから、笑顔なんて見せられたら尚更だ。

「本当に美人だ～♡」

樹は目に見えてハートマークを飛ばしている。高いプライドに少々傷を負った女性にとって、年下の男の子のそんな視線は気持ち良かった。

それまでの不機嫌を覆《くつがえ》し、にっこりと笑って話しかける。

「坊や、素直で可愛いわね～。お姉さんとデートする？」

「するっ！」

即答である。

一瞬の迷いもなく、心が命じるままに何度も何度も頷いている。

しかしそれが我王の気に入るはずもなく、青筋を立てて怒り、頭にゴツンと拳骨《げんこつ》をもらうことになった。

「いたっ!!」

真上から加えられた衝撃と痛みに、樹はその場にしゃがみ込む。そしてウ〜ッと唸ると、目尻に涙を滲ませて我王に食ってかかった。

「何すんだ！　痛いじゃないか」

「お前こそ、何をしようとしている。俺の目の前で誘いに乗るとは、いい度胸《どきょう》してるじゃないか」

「うっ…だって、こんな綺麗なお姉さんとデートできるなんて、すごいラッキーじゃないか。そりゃ、ＯＫするよ」

「するなっ。俺が許すはずないだろうが。このバカったれが」

そう言うなり肩に担《かつ》がれて、そのまま車の助手席に放り込まれる。その拍子に足がガツンとどこかにぶつかった音がして、樹は足の痛みよりもこのお気に入りのカッコいい車に傷をつけたんじゃないかとそちらのほうが気になった。

「乱暴者っ！　車に傷ついたらどうするんだよ！」

「直すさ」

「そりゃそうかもしれないけど…あ、ちょっと待った！　出すな〜っ！」

樹がゴチャゴチャ言っている間に、我王はアクセルを吹かして車を発進させる。

見る見るうちに遠くなっていく綺麗なお姉さんの姿に、樹は未練《みれん》がましく腕を伸ばして叫んだ。

「やだやだ〜っ。美人のお姉さんとデートする〜っ！」

「ダメだ」

「ひどい〜っ。美人のお姉さん〜。あうあう」

樹は諦《あきら》めきれず、完全に姿が見えなくなっても嘆くのをやめない。

我王は顔をしかめて舌打ちをした。

「ミュウミュウ鳴くんじゃない。お前はこっち」

「こんな機会、もう二度とないかもしれないのにっ!!」

必死の形相《ぎょうそう》で訴える樹に対し、我王はあっさりと頷く。

「まぁ、ないだろうな。俺が許さん」

SHO

「ひどいっ！　横暴《おうぼう》っ!!」

「おまえなっ。俺とデート中だということを忘れたのか？　それなのに、他のやつとデートするっていうのは、どういう了見《りょうけん》だ」

「違うっ！　デートじゃない！」

それはいつもの癖《くせ》のように出た言葉だった。我王とのふざけて交わす会話の中で、何度となく繰り返されてきたやり取りである。

しかし今は少々状況が悪かった。樹の可愛くない態度に、我王の機嫌はますます下降を続ける。

「まだ早いと思っていたが…そろそろ自分の気持ちをはっきり分からせないとな」

「ん？」

言葉は聞き取れたものの、意味が分からなかった。いったい何を言われたんだろうかと、樹は首を傾げる。

おまけに車がどこに向かっているかも分からない。

いつも面白い場所に連れて行ってくれる我王だが、大抵は行きの車の中でこれから行く場所の説明をしてくれていた。

「なぁなぁ、どこに行くんだ？」

「………」

それに対する答えはなく、普段と違ってピリピリしている我王の雰囲気に気圧《けお》された樹は、革張りのシートに収まっておとなしくした。

東京の一等地にある高級マンション。

我王は地下の駐車場に車を乗り入れると、樹の腕を引っ張ってエレベーターに乗った。そしてそのまま屋上へと直行する。

そこには大きなペントハウスが建てられていた。

「ここ、どこ？　我王の家…じゃないよな？」

「俺のセカンドハウスだ。他人の気配が邪魔なときなんかは、ここに来ることにしてる。あと、もっぱら仕事をするときだな」

「ふーん…仕事ねぇ」

我王はまだ大学生でありながら自分でも事業をしていることを、樹は父親から聞かされている。大学を卒業するまではしっかり遊ばせてもらおうと考えている樹にとっては、なんとも耳の痛い言葉だ。

おまけに弟の葉も父親を手伝い始めているだけに、なんとなく肩身が狭いような気持ちになってしまう。

もちろん、だからといって反省して自分も手伝おうとは思わないのだが、周りにがんばられすぎると必然的に、普通のはずの自分が悪いように感じてしまうからちょっとばかり嫌に思うのも仕方ない。

なんとも複雑な表情を見せる樹に、我王は眉を上げる。

「オレがどんな仕事をしてるか、気になるか？」

「んー…まぁ、ちょっとだけね。でも、聞いてもどうせよく分からないと思うし。オレ、家業のほうは葉に任せてるから」

「あいつが跡継ぎだそうだからな。双子とはいえ、一応お前のほうが兄なのに。それでいいのか？」

「オレのほうから言い出したんだよ。性格的に、葉のほうが向いてるからって。何千人の社員の生活を背負い込むなんて、オレには無理。自分のならともかく、他人の分の責任まで取れないもん。そういうプレッシャーには弱いんだ。でもその点、葉はそういうの平気なほうだから」

「ああ、それは言えるな。俺はどうもあいつとは性格が合わないが、経営者向きであることは間違いない」

「だろ？　オレもそう思う。あいつ、お父さんに似てるもん。似すぎてて、お互いちょっと嫌っぽいんだけど」

「分かる気はするが…まぁ、座れ」

「うん」

我王は樹にカウチに座るよう促して、自分はどこかに行ってしまった。

しばらくして戻ってきたその手にはジュースのペットボトルが握られており、ポイッと樹に向かって放り投げる。

樹の座っているカウチの背凭《せもた》れに座ると、自分の分のペットボトルに口をつけて一気に半分ほど飲んだ。

ギロリと樹を睨んで言う。

「知ってるか？　俺は、こう見えて忙しいんだ」

「あー…そう。あんまりそうは見えないけど。ほとんど毎日、現れてるじゃん」

「無理してたんだよ」

「なんで？」

「お前がそれを聞くか？　まさかとは思うが…本当に分からないなんて言うんじゃないだろうな」

「…………」

我王は常になく真剣な瞳で見つめる。

樹もそれに応《こた》えるように、笑みを引っ込めて真剣な表情へと変えた。

「そりゃ…気がついてたよ。いくらオレでも、気がつかないはずない」

「ふ、ん…少し安心した。天然っぷりを発揮《はっき》して、とぼけられる可能性もあると思ってたからな」

「そんなこと、しないよ」

きっぱりと否定しながらも、ちょっとだけとぼけたかった…などと思っていることは否定できない。

もともと我王とセックスするつもりで呼び出したのだから、本当ならこの手の話題は歓迎するべきもののはずだ。このまま上手いことそちらの方向に誘導すれば、そう苦労せずに希望は叶うはずである。

しかし肝心のその誘い方が分からず、緊張に表情と体を強張《こわば》らせたままカウチの上で硬くなっていた。

そんな樹の耳の裏を、我王の指がくすぐるように撫でる。

慣れない感触とこれまでにない我王のセクシャルな雰囲気に、樹は肩を竦めて肌を粟立てた。

何やら怪しげな空気が漂う。

別段、樹が仕掛けなくても我王のほうはすでにその気になっているのか、ムンムンと男の色気を発し始めた気がした。

樹は心の中でタラタラと冷や汗を垂らした。

しかもどうやらこのカウチは簡易ベッドにもなるタイプらしく、我王のちょっとした動作で背凭れがガタンと倒れる。さすがにシングル程度の大きさしかなかったが、それでも寝るには充分だ。

樹はいつの間にかそのカウチベッドに押し倒され、あまりのことに体がカチカチになる。

(ひ〜っ……)

真上から覗き込んでくる我王の顔が怖い。

別に怒っているわけではなく、むしろ笑みに近い表情を浮かべているのに、樹は完璧に怯んでいた。

望んでいたこととはいえ、実際にそういった雰囲気になってみると、普段とは違う我王の様子や、未知への恐怖に怖気《おじけ》づいてしまう。

「あ、あの、我王……？」

恐る恐る発した言葉は、我王の強い眼差《まなざ》しに受け止められる。

「俺のこと、好きになったか？」

「……」

樹は答えない。

今までだったらベッと舌でも出して、「そんなわけないじゃん。バーカ」とでも言っているところだ。

「もう、好きになってるんだろう？　正直に言えよ」

頬を撫でるその手つきは優しい。

樹はその質問には答えず、眉を寄せてボソリと言った。

「……オレ、ツマミ食いされるの、好きじゃない。二股とか三股も嫌いだ」

「言っておくけどな、俺は二股だの三股だのしたことはないぞ。ちゃんと別れてから、次のにいってる」

「ちゃんと？」

樹はチラリと、わざとらしい視線を我王に向ける。

つい先ほどの女性のことを考えると、とてもではないが「ちゃんと別れた」とは思えなかった。

我王は思わず苦笑する。

「ああ、あれはまずった。ろくにフォローもせずに別れたのは初めてだったからな。プライドの高い女だし、相当腹が立ったんだろう。俺がきっちりしていれば、こじれたりしなかったんだけどな」

「ふぅん」

それはそれで腹が立つのはなぜだろう。

我王があまりにも自信満々な態度を見せるせいなのか、それとも他の理由があるのかは樹には分からなかった。

「今は、お前だけだぞ？」

「………」

適当に誤魔化したりあしらったりはするものの、我王は基本的にウソをつかない。だからその言葉も信じることができた。

困ったような表情で我王を見つめると、我王は笑みを浮かべたまま樹のシャツに手をかける。

樹を怯えさせないよう、一つずつゆっくりとボタンが外される。

身動きできずにジッとそれを見つめていた樹は、自分の胸が徐々に露になるに至って、激しく動揺した。

「あ、あのっ！」

「うん？」

動揺に目をグルグルと回しながら、それでも樹は必死になって訴える。

「い、痛いの、やなんだけどっ！」

「俺がそんなに下手だと思うか？」

「うっ…思わない…けど」

「だろう？　安心して、俺に任せろ」

「うう〜ん」

樹は、泣きそうな顔でムニャムニャと口篭《くちご》もる。

やがてすべてのボタンが外され、表れたのは健康的に日焼けした胸だ。さすがに半年も経って褪《あ》せてはいたが、夏休みはしっかり遊んだことが見て取れる。

しかし我王の目を奪ったのは、健康的な肌でも、ピンク色した可愛らしい二つの突起でもない。

樹の胸につけられた、疑う余地がないようなキスマークである。

これまでの人生の中で何度となく見てきたそれは、蚊に食われた跡などではありえなかった。

「なんだ、これは⁉」

「ん？」

我王の言う「これ」が何か分からず、樹は首を傾げる。

しかしその手が樹の胸の一点を指差し、そこにつけられていた赤い跡を見つけて、これのことかと納得する。

「ああ、それ。葉にやられた」

「葉に⁉」

「うん、そう。あいつ、オレとあんたがそういう意味で付き合ってると思って、ブチ切れてさ。まぁ、オレもムキになって、いろいろ言ったのがまずかったんだけど。普段冷静なやつがキレると、突拍子もないことをしでかすんだよな。それにほら、あいつってばちょっとブラコンなところあるから」

そう説明して、樹はアハハと笑う。

おかげで我王の表情はますます厳しくなった。

「……アハハって…笑ってる場合か、おい！　キスマークだぞ、キスマーク⁉　そんなもんをつけられて、アハハじゃないだろうが」

「そんなこと言われてもなぁ」

樹から言わせれば、笑うしかないという感じもする。

改めて見下ろしてみて、自分でもその淫靡《いんび》な印象の痣《あざ》になんともいえない表情を浮かべた。

「なんか…ちょっとやらしい……」

「立派にキスマークだからな。当然だ」

不機嫌そうに言われ、樹は眉を寄せる。

「う～ん…キスマークって言われるのはちょっと……。葉が甘えてきただけなんだって。あいつってば、オレの胸にチュウチュウ吸いついてきてさ。ホント、いつまで経っても甘ったれなんだから」

「樹……」

我王の声は呆れたようなものだ。

あくまでも能天気で外れたことを言う樹に、本当のことを教えるべきなのか、それともこのままのほほんとさせておくべきか思案のしどころだ。

下手に教えて葉を意識されても困るし、この鈍さが危機から逃れる結果になったのではないかと考えると、なかなか判断が難しい。

しばらくの間、難しい顔つきで考え込んでいた我王だが、やがて現状維持でいこうという結論に達して何も言わないでおくことにする。

とりあえず今は自分が既成《きせい》事実を作ってしまうのが先だろうと、樹の服を脱がせる作業に戻った。

樹を怯えさせないよう、触れるだけのキスを何度も顔中に降らせ、気持ち良さそうにフゥンと息を漏らし始めるのを待ってジーンズに手をかける。

生地の硬いジーンズは、さすがに脱がせにくい。しかしそのあたりは我王も手馴れたもので、樹の首筋にキスを繰り返しながらスルスルと脱がせてしまった。

ついでに下着も一緒にである。

用済みとばかりポイッポイッと服を放り投げ、シャツを腕に張りつかせただけのあられもない姿にさせる。

どこもかしこもまだ細っこくて、完成されるにはまだ時間のかかる青臭さを感じさせる体つきだ。

ピンク色をした細身のペニスは我王の愛撫に少しばかり形を変え、不安そうに揺れる瞳で我王を見つめる表情が可愛い。

樹にとってこれが他人と肌を触れ合わせる初めての経験だということは明白で、強がっていても不安でいっぱいなのが見て取れた。

「怖いか？」

「そりゃ……」

返す声が小さい。

我王はそんな樹の鼻先にチュッとキスをすると、安心させるように髪を撫で、頬を撫でてやる。

優しい仕種に樹が体から緊張を抜くと、そのままゆっくりと覆《おお》い被《かぶ》さって体のあちこちに指を這わせ始めた。

あくまでも緊張させないよう、最初はマッサージのような感じだ。樹の反応を窺《うかが》いつつ、徐々に愛撫へと変化していく。

樹のほうもそのあたりは感じているのだが、あまりにも自然に移行していくのでどこでとめていいのか分からず流されるままだった。

正直に言えば、わりと気持ちいいのである。それに思ったより羞恥心《しゅうちしん》も少ないし、怖くもない。我王の手や唇にだけ意識を向けるようにしていれば、自分が愛撫されているという実感もあまりないほどだ。

どうせ経験してみるつもりがあるのなら、わけの分からないまま、流されてしまったほうが楽に決まっている。少なくとも、樹はそうだ。

下手に頭がすっきりとして、すべてのことが把握できているとしたら、おそらく我王のことを突き飛ばしているに違いない。

実際、我王のやり方は樹に合っている。おかげで樹は、大して不安感を覚えないうちに愛撫を受け入れていた。

脇腹の辺りを撫でられながら胸の飾りを舐《な》められて、くすぐったいようなその感触に肌が粟立つ。

ゾクゾクとなんともいえない感覚が、ジンワリと体の奥から沸き起こってくる。

慣れない感覚だが、悪くはない。悪くないどころか、自慰《じい》では味わえないような快感に樹は身震いした。

丁寧に胸の辺りを愛撫していた唇が少しずつ下りてきて、ヘソの辺りを舌でくすぐる。そうしてから、すでに立ち上がっているものをパクンと口に咥《くわ》えられた。

いきなり局部を舐められて、樹は悲鳴を上げる。フワフワとゾクゾクが同居した気持ちの良さは、一気に吹き飛んだ。

「ひゃあ！」

驚愕に目を見開いて、信じられないといった顔で我王を見つめる。

「な、な、なんてことすんだ！」

「普通だろ。そんなに驚くようなことか？」

「だ、だって…だって……」

あまりのことに、樹は泣きそうになる。

自分でするのだってどことなく後ろめたい感じがするのに、まさか我王にそんなところを舐められるとは思ってもみなかった。

もちろん知識では知っていたものの、実際に自分のものが他人に咥えられるというのはかなりの衝撃だ。

「フェラチオ。この言葉、知ってるか？」

「知ってるよ、それくらい！」

「じゃあ、そんなに驚くな」

「うーっ」

言い負かされる形で反論を封じられ、樹は悔しそうな唸り声を上げる。しかしそれも我王が舌を動かし始めると、鼻から抜ける嬌声《きょうせい》へと変化した。

先端の穴の部分をグリグリとこじ開けるように刺激され、口を窄《すぼ》めて全体をギュッと吸われる。

自身のペニスに対するこんな強烈な刺激は初めてなので、樹の体は一気に熱くなり、あっという間に昇りつめようとする。

「……あっ、が…我…王……ダメ、出ちゃうよ！」

「それはまずいな」

我王は口を離してそう呟くと、今にも爆発しそうになっている樹のペニスの根元を指で押さえる。

欲望はそこで塞《せ》き止められ、血液が逆流するような苦しさと焦《じ》れったさが樹を襲う。

「やっ！」

何とかして我王の手を離させようと身動《みじろ》ぎするが、急所をしっかりと押さえつけられては怖くて暴れることもできない。

荒れ狂う欲望に身悶《みもだ》えした樹は、足で我王を蹴《け》ろうとする。

「おっと。乱暴だな」

いとも簡単に押さえつけられ、樹の目に涙が滲んだ。

「離せっ！」

限界寸前まで達していた快感を無理やり押さえ込まれているのだから、涙が出てくるのも無理はない。

「達《い》ってからだときついからな」

何が？…と聞く暇はなかった。

すぐに我王の手によって裏返しにさせられ、うつ伏せのまま腰を上げるという恥ずかしい格好を取らされる。

「なっ」

慌てて起き上がろうとした背中を押さえられ、身動きが取れないままに思いがけない部分に唇を寄せられた。

「――――っ！」

あまりのことに、樹は声も出ない。まさかそんなところに口をつけられるとは思ってもみなかったので、その分だけショックは大きい。何もかもが初めての樹にとって、我王にされることはすべてが衝撃的だった。

目を見開いたまま樹が硬直していると、我王は更に行為を進める。

口をつけて入口を舐めほぐすだけでなく舌先が硬い窄まりを割って、唾液を注ぐようにして内部を蹂躙《じゅうりん》し始める。

「やっ…！」

小さく悲鳴を上げて前に逃れようとしても、我王にがっちりと腰を掴まれているせいで叶わない。

反射的に下肢《かし》に力を入れればよりリアルに我王の舌先を感じ、樹はゾクリとした悪寒を感じた。

「い…嫌だっ！　我王っ!!」

しゃくりあげながらの必死の訴えに、我王はいったん口を離して言う。

「ちゃんとほぐさないと、あとが大変だぞ。痛くはないだろう？」

「やだっ！」

痛いとか痛くないといった問題ではない。樹はちょっとしたパニックを起こし、頭の中は「嫌だ」でいっぱいである。

「大丈夫。俺に任せろ」

「やだっ！」

我王は樹の願いを聞き入れることなく、再び顔を双丘の狭間に埋める。そして舌と一緒に指を一本挿入《そうにゅう》することまでした。

「ひっ…！」

痛みはなくても、押し広げられる感じは強い。

ビクリとした拍子に強張った体を我王の手が宥《なだ》めるように撫で、注ぎ込まれた唾液を塗りつけるように肉襞を擦る。おまけにすっかり元気をなくしていたペニスにも手を伸ばされ、愛撫が加えられた。

扱《しご》かれれば快感が走る。

それでなくても一度は射精寸前にまで持っていかれたのだから、まだ冷めやらぬ欲望が再燃するのは簡単だった。

押し広げられる恐怖や圧迫感、どうしようもない羞恥よりも、快感を追っていたほうが気が楽なせいもある。

とりあえずそちらのほうに意識を向けていれば、現実から目を背《そむ》けることができる。

我王はそんな樹に目を細めつつ、愛撫の手を休めないように気をつけながら入口をほぐす作業に没頭《ぼっとう》した。

丹念《たんねん》に中を探り、指を馴染ませ、樹が感じるであろう場所を発見する。

ビクリと跳ね上がった腰はイヤイヤと言うように揺れたが、我王の手の中のものは確実に大きくなっている。

そこが感じるのは明白で、我王は逃げを打つ腰を押さえつけながら更に入口を舐め、見つけた場所を執拗に刺激した。

「あっ、ふぅん……」

鼻から抜ける吐息には、甘いものが含まれている。

我王は焦らさずそこを指の腹でくすぐり、それに反応してビクビクと慄《おのの》く体の震えを楽しむ。

指をソッと引き抜き、二本に増やしてみる。さすがに苦しそうな声が上がったが、探し出したある一点をつければそれも気持ち良さそうなものへと変わった。

初めてにしては、順応性が高い。

我王がたっぷりと時間をかけて慣らしているせいもあるが、樹の体は思ったよりも従順に快楽に従っていた。

二本が三本に増える頃には、樹の蕾はもうそれをすんなりと受け入れ、むしろ誘い込むように腰を振るようになっていた。

先端からはとめどなく愛液が零れている。トロトロと滴るそれを潤滑剤代わりに、出し入れする指の動きはスムーズだ。

もう、準備は万端である。

我王は樹の中からスッと指を引き抜くと、その背後でゴソゴソと服を脱ぎ始める。そして全裸になったところで、樹の腰の下にクッションを差し込んだ。

わずかばかりとはいえインターバルを与えられ、樹は初めての感覚に朦朧《もうろう》とした意識を少しだけ浮上させる。

上体は力なく突っ伏したままだから、考えるとかなり恥ずかしい格好だ。

そんな自分の上に我王が覆い被さってきて、太腿に我王の熱い高ぶりを感じ、樹はビクリと身を震わせる。

自身のそれとはまったく違うその塊は、まるで灼熱の棒のように思えた。

しかもずいぶんと大きい気がする。…といっても実際に目にしたわけではないが、腿に当たったその感じからそう思ったのである。しかし見るのが怖いから、確かめることはできなかった。

いよいよだと思うと、自然と体が硬くなってしまう。

「力を入れると、余計に苦しくなるぞ」

耳朶《じだ》を啄《ついば》むようにしながら我王はそんなことを囁き、労《いた》わるように腰を撫でる。

緊張に強張る樹の体を撫で回し、丹念にほぐして柔らかくなった蕾に自身を押し当てるが、そのまま挿入しようとはしない。

苦笑混じりに優しい声で囁いた。

「そんなに硬くなるな。ほら、大きく息を吸って…吐いて……」

「……」

我王の言葉に併せて樹が深呼吸をしていると、上手いこと呼吸を吐き出したところを見計らって先端を潜り込ませた。

体に力が入る前に、グイグイと腰を前に進めてしまう。

「あっ、あ…！」

樹は苦しそうな声を漏らすが、先端の、一番太い部分さえ抜けてしまえばあとはそれほど大変ではない。

しっかりと注ぎ込まれた唾液、それに樹の先走りの精液で、中はしっかりと濡らされているから尚更である。

樹の様子を確かめながら徐々にペニスを押し込んでいく。少しでも痛そうな表情を見せれば動きを止め、体から力が抜ければ再び前に進むというやり方だ。

これ一回きりで終わらせるつもりのない我王は、樹に毛ほどの苦痛も与えるつもりはなかった。

無理をせずに時間をかけて根元まで突き入れ、我王は樹が落ち着くのを待つことにする。

「全部、入ったぞ」

カウチに立てた爪をソッと引き離し、そのまま後ろへと持ってくる。そして自分たちが本当に繋がっているのを、樹自身に確かめさせた。

初めての快感の中、朦朧とする夢うつつの状態でことを進めるのが嫌だったのである。樹にも、しっかりと認識してもらうつもりだった。

「うっ……」

「……」

樹の顔が、見る見るうちに赤くなる。同時に後ろがキュッキュッと締め付けてきて、いたいほどの快感を我王に味わわせた。

自分がどういう状態にあるか意識したのを確認して我王は満足そうに頷き、止めていた腰を動かし始めた。

最初はゆっくりだった抽挿が、少しずつ早くなっていく。

さすがに初めての樹の内部はきつかったが、我王が樹の感じる部分を意識して突いているおかげで苦しいばかりではなさそうである。

もちろん、まだ一度も達かせていないペニスに愛撫を加えるのも忘れない。抜き差しにタイミングを合わせているから、次第に樹もペースを理解してきたようである。

弾む吐息に混じって、甘やかな嬌声が上がっている。

我王は樹が限界にきたのを見て取ると、ペニスを扱くその手の動きを早くした。

クライマックスに向けて、どちらともなく声が上がる。

先にこらえきれなくなった樹が小さく声を上げて達した次の瞬間、体の奥深いところに我王の欲望が叩きつけられるのを感じた。それはとても熱く、樹を侵食《しんしょく》していく。

コンドームを使わなかったあたりに、自身がマーキングされたような気がした。男同士でも使ったほうがいいと聞かされたのは、友人たちとのふざけた会話の中でだ。

ズルリと塊を引き抜かれ、樹は小さく呻き声を上げる。

達したとはいえまだまだ充分な大きさを保っている我王のものは、内部をこすり上げるため、なんともいえない感触を樹に伝える。

「ふっ…んんっ……」

ようやく解放され、樹はその場に崩れ落ちる。

ハァハァと呼吸は忙《せわ》しなく乱れ、肩が大きく上下していた。

「どうだった？　痛かったか？」

脱力した体を抱き起こされ、楽なように我王の胸に凭れかからされる。質問するその声は甘く、どうやら我王は釣った魚にもエサを与えるタイプらしい。

樹は顔を赤らめて視線を合わさないようにそっぽを向き、いまだ整わない呼吸に喘ぎながら答える。

「……別に…そんな痛くなかった…かも」

「悪くないもんだろう？」

「まぁ……」

痛みよりも圧迫感よりも快感のほうが強かったことを考えれば、確かに悪くはない。一人でするよりずっと気持ちがいいのは確かだ。

でも、それに付随《ふずい》する恥ずかしさといったら半端ではなく、思い出すと顔から火が出そうな気がした。

「う〜っ…やっぱり、あんまり嬉しくないかも……」

「どうしてだ？　一回じゃ満足できなかったか？　それとも、やはりカウチじゃ狭苦しかったか。それなら、ベッドに移って二回目といくか」

嬉々としてそんなことを言う我王に、樹はギョッとして目を見開く。

「じょ…冗談っ‼　オレ、もう無理だぞ！」

「俺としては、もう一回…二回、三回でも……」

「殺す気か〜っ⁉」

たった一度の経験でも、かなりつらい。

もちろん我王が相当気を使ってくれたようだから、幸い、どこかが痛むということはなかった。

しかし長い時間射精を許されず、弄《もてあそ》ばれた感のある樹にとって、その肉体的、精神的な疲労は相当なものだ。

「まぁ、初めてだからそう言うのも無理はないが。俺は優しいから、今日は一回で勘弁《かんべん》してやる。慣れたら、二回でも三回でもできるさ」

「慣れたら……」

慣れるまで、こんなことを繰り返すのだろうかと樹は顔をしかめる。

嫌かと聞かれたら嫌ではないと答えるかもしれないが、積極的にしたいかどうかはまた微妙な問題である。

「俺のことが、好きだろう？」

ニヤリと笑いながらのその質問に、樹は嫌そうに顔をしかめる。

いい加減、それを認めるのはやぶさかではないものの、我王の性格を考えると調子に乗られそうで嫌だった。

だから樹は思いっきり渋面《じゅうめん》で、本意ではないのだが…といった気持ちを前面に押し出しながら頷いた。

「……まぁね」

「なんだ、その顔は」

我王は片眉を上げると、樹の頬を指で摘んで引っ張った。

「うにゃにゃ」

「おお、柔らかいからよく伸びるな」

「もうっ！」

怒りながらベシンと手を叩けば、素直に指を離す。ゲラゲラと楽しそうに笑っているのが腹立たしかった。

樹はプーッと頬を膨らませ、フンッと鼻息も荒く言う。

「だって、あんた、好きとか言うと、調子に乗りそうだもん。言質《げんち》を取るっていうの？　そんな気がする」

「お？　なかなか難しい言葉を使うじゃないか」

「言っとくけど、オレ、あんたが思ってるほどバカじゃないよ？　成績だって、それほど悪くはないんだから。そりゃ、毎回ダントツでトップ取ってる葉には全然敵わないけどさ〜。バカじゃないんだよ、バカじゃ」

試験前に葉に教わっているとはいえ、ほぼ一夜漬けに近い状態にしては立派な成績のはずだ。

ムムムッと眉を寄せての訴えに、我王は肩を竦める。

「バカじゃないんなら、いいじゃないか。それより俺は、お前が俺のことを、言質を取る人間だって思っていることのほうが気になるぞ」

「だって、やりそうじゃん？　一度言っちゃったら、そのあとずっとそれをネタに揚げ足取られそうな気がする……」

「そんなふうに思っていること自体、まだまだってことか。まったく。セックスまでしたっていうのに、つれないやつだ。今はまだ流されているような状態でも、そのうちにきちんと惚れさせてやるからな」

「自信家……」

「でなきゃ、赤目は継げないさ」

「うーん…納得」

一度は父に説明された樹だが、赤目家の多岐《たき》にわたる事業の多さに、企業の全体像すら把握できなかった。

もともとあまり興味がないということと、葉にそのあたりは任せていることがあわさって、積極的に理解しようとしなかったせいもある。

分かったのはただ、「すごい大変そう」だ。樹だったら、勘弁してくださいと泣きを入れそうな感じだった。

しかし我王は逃げ出すどころか、大学生をしながら事業の勉強をし、なおかつ自分でも会社を興《おこ》して経営しているのだからすごい。おまけに色事のほうも盛んで、樹の父と葉が目を吊り上げて警戒したほどだ。

よくそんなにエネルギーが続くものだと感心してしまった。

「あ…そういえば……。我王って、うちの高校の人たちとも付き合ってたって聞いたけど…本当か？」

「……まぁな」

「鷺沢さん？」

「ああ……」

「近村さんも？」

「まぁ……」

我王には珍しく、視線があちこちをさ迷っている。どうやらあまり突っ込まれたくないことらしい。

「本当だったのか………」

「……お前だって、俺がこの年まで誰とも付き合っていないとは思ってないだろう？　そういうことも、過去にはあったというだけの話だ」

「うちの高校の中でも、群を抜いた美人ばっかりじゃん。どっちも高嶺《たかね》の花って言われてたのに、我王と付き合ってたなんて！」

「……まぁ、どうせ付き合うなら、美人のほうが楽しいしな。お前だってそうじゃないか？」

「オレ？　オレは、どっちかというと、可愛いタイプのほうが好み。美人もいいけど、ちょっと怖い気ぃするし。やっぱ、優しくリードしてあげたいじゃん？」

その言葉に、我王は考え込む振りをする。

「うーむ…あいにくと俺は、あまり可愛いと言われるタイプじゃないんだが」

「………。誰が、あんたのことだって言った？　気持ちの悪い冗談を言うなっ！　ありえないっての」

「お前なぁ。それが、仮にもお付き合いしてる相手に言うセリフか？　ひどいじゃないか」

「だって、『仮』だし。残念ながら、オレのタイプと全然違うから」

「恋愛っていうのは、ままならないものだからな。これで、好みのタイプだから好きになるというわけじゃないということが分かっただろう？」

「………」

口で、樹が我王に敵うはずがない。

樹は顔をしかめて何か言い返してやろうとしたが、上手い言葉が見つからない自分に腹が立つ。

「喉、渇いたっ！」

不機嫌な顔でそう訴えると、我王は面白そうに眉を上げながらもはいはいとばかりに立ち上がる。そして裸のまま堂々とキッチンのほうに消えて行くと、樹も自分の乱れまくった格好を思い出す。

だるい体をヨイショと起こして散らばった服を掻き集め、我王が戻ってくる前にとワタワタしながら着込んだ。


油断すると、我王はすぐに甘い雰囲気に持っていこうとする。

さすがに二回戦にまでは至らなかったものの、我王の胸を背凭れ代わりにペッタリと貼りつきながらテレビを見る姿はイチャついているといわれても仕方のないものだ。

おまけにいつまでも我王のベッドでゴロゴロしていたせいで、常になく帰宅が遅くなってしまった。

体がだるくて動きたくなかったのと、あれが欲しいこれが食べたいとわがままを言う樹を、我王が笑いながらも希望どおりたっぷりと甘やかすせいで帰りたくなかったというのが大きい。

もちろん高子には、遅くなるから夕食はいらないと連絡を入れてある。

しかしそのあとは電源を切ってしまったので、葉が何か言ってきたかどうかは知らなかった。

家の近くの道路まで車で送ってもらって、少し急ぎ足で家へと向かう。

樹の格好は、出たときと少し違う。行為の最中、ずっとシャツを身にまとわりつかせたままだったので、とてもではないが着て帰れる状態ではなかったのだ。

仕方ないから我王に借りて、肩も腕も余るその袖を折ったりしながら着込んでいるのである。

体に合っていないのは明白なので、自分の部屋に入って着替えるまでは、できることなら誰にも会いたくない。

樹は可能なかぎり音を立てないように気をつけながら玄関の扉を開け、コッソリと中にすべり込んだ。

「ただいまー……」

ほとんど声になっていないような小さな声で呟きながら樹が靴を脱いでいると、どうやら待ち構えていたらしい葉が居間から飛び出してくる。

「樹っ！」

今にも泣き出しそうな、必死の形相だ。樹がいない間、よほど思い詰めて考え込んでいたらしい。

「ごめん…ボク……」

もともと樹は葉に弱い。

普段はどちらが弟か分からないくらいしっかりしている葉だが、こんなふうにシュンとされるとほんの十分程度の差でもやはり弟なんだと実感する。どうにも可愛く思えて仕方なかった。

樹はニコニコと笑いながら葉に言う。

「気にするなって。そりゃオレも、ちょっとは驚いたけどさ。でもお前も、オレが我王と付き合うのが嫌だっていうのは分かるけど、そんなことでキレるなよ。あいつがオレのこと捨てるとは限らないじゃん」

「樹……」

「もしあいつが本当にオレのこと捨てたら、そのときは遠慮なくキレればいいだろ。っていうか、ぜひ、キレてくれって感じだけど」

「……」

葉の目が、スッと細くなる。

そうすると一気に酷薄な印象になるのだが、そのうえなんともいえない表情でジッと見つめられてしまった。

鼻を近づけ、嫌そうに顔をしかめる。

「……あいつの匂いがする」

「えっ!?」

樹はギョッとして葉から体を離し、慌ててクンクンと自分の匂いを嗅《か》ぐ。

しかしおかしな匂いはしない。自分の匂いだから分かりにくいところはあるが、特に体臭があるとは思えなかった。

「す、するか？　しないだろ？　しないよな!?」

「どうかな？　ボクには感じられるけど」

「……」

「それにこのシャツ、樹のじゃないよね？」

「……」

痛いところを突かれてしまった。

もちろん樹だって、目敏《めざと》い葉が気がつかないわけはないだろうと思っていたものの、ズバリと聞かれても答えられない。

困り果ててアーだのウーだの唸っていると、目を据わらせた葉は、実に邪悪な感じでニタァと笑った。

「……もし、赤目我王が樹を捨てたら、キレていいって言ったよね？……そのときはお父さんと一緒になってあいつのことを呪うから、安心していいよ。効きそうだろう？」

「の、呪う……？」

葉の鬼気《きき》迫る表情に樹が思わずゴクリと唾液を飲み込むと、葉はにっこりと…それはそれは恐ろしい笑みを浮かべる。

「そう。呪う。大事な大事な樹を悲しませたら、一生…どんなことがあっても呪い尽くす。末代まで祟《たた》ってやるんだ」

「そ…それはー……」

なんと言っていいか分からない。

ブラックジョークの一種だと思いたいところだが、あいにくと葉の表情は本気を物語っている。

葉の場合…たとえそこに父が絡んできたとしても、いざそれが樹のこととなると常識やら理性やらを忘れがちである。おまけに二人とも粘着質《ねんちゃくしつ》で執念深いところがあるから、冗談になっていないところが怖かった。

樹は視線をあちこちに巡らせ、ヘニャリとした情けない愛想笑いを浮かべる。

「あー…葉？　呪うなら、我王だけにしとかないか？　全然関係ない子孫まで呪うなんて、ちょっとかわいそうだろ」

「因果応報《いんがおうほう》って言葉、知ってる？　親のしたことは子供が、ご先祖様のしたことは子孫が責任を取らないとね。ああ、でも、呪いが効いたら子孫なんてできないか。よかったね、樹。子孫には影響ないよ」

「……ハ…ハハ…」

こうなったらもう、とりあえず笑っておけとばかりに、樹は思いっきり顔を引きつらせながら笑い声を上げた。

★　★　★

樹と我王の関係は続いている。

今までの外で遊ぶデートとは別に、我王のペントハウスで二人きりで過ごす時間が新たに加わった。

それにドライブの最中に、しゃれたブティックホテルに立ち寄ることもある。

本当の意味では認めてもらってはいないが、なんとなく葉黙認といった形になったので、今までのようにコソコソしなくてすむのがありがたい。

せっかくの春休みでもあるし、遊ばなくてどうするという感じだ。四月からは三年生なので、さすがに今ほど遊んでばかりというわけにはいかないのだから。

我王が仕事で身動きが取れないときは、我王のペントハウスの大画面テレビでDVDを見る傍《かたわ》らで、我王がせっせと仕事をしていたりもする。

一応、遠慮する気持ちがないわけでもないのだが、我王は一緒にいろという。疲れきったときに、DVDを見て呑気に笑っている樹がいると気が休まるというのだから珍しいかもしれない。

そんなわけで、以前ほど出歩いたりするわけではないが、以前よりもずっと一緒にいる時間が長くなっていた。

そしてこの日もやはり会う約束がしっかりと交わされていて、樹は相変わらずも慌てながら身支度を整えることになる。

いつもは大抵、午後過ぎの待ち合わせなのだが、なぜか我王の指定で十時になってしまった。

休みの日にしては早めに起きることになった樹は、きちんと目覚ましが鳴った時間に起きたわりに、どういうわけか最後は焦ることになる。

結局は、約束の時間から七分ほど遅れてバタバタと見知った車に近づいた。

「ごめん！　遅れた」

「いつものことだろうが。たまには早く来て、待ってようかな〜という気にはならないもんなのか？」

その言葉に、樹はエヘンと胸を張って主張する。

「言っとくけど、オレはいっつもそういう気持ちでいるんだぞ。ちゃんと五分前には着いて、我王が来たらすぐに車に乗り込めるようにって。でも、なかなか上手くいかないんだよなぁ。なんでだろ」

「それは俺のほうが聞きたいところだ。そういう気持ちがあるわりに、今のところ十割近い確率で三振だぞ。すごい打率だな」

「嫌味～」

「事実だ」

「ま、そうなんだけど」

「あっさり認めるな」

「だって、事実じゃん」

「あのなぁ」

苦笑を浮かべる我王に、樹は肩を竦めて車に乗り込んだ。

今日の我王は、どういうわけかネクタイを締めている。ズボンもジーンズではなく麻のパンツだし、シャツもきちんとしたものだ。後部座席にはジャケットも置かれていて、ずいぶんと気合が入っていた。

その改まった格好に、樹は首を傾げる。

「今日は、どこ行くの？」

「観劇だ」

「カンゲキ？」

樹は一瞬意味が掴めず、眉を寄せる。

今まで我王は、いかにも樹の好きそうな場所を選んで連れていってくれたので、まさかそんな言葉が出てくるとは思わずキョトンとしてしまった。

「……お前、今、ちゃんと漢字で言ったか？　観劇の意味、わかって言ってる？」

「え？　ええっと、確か……劇を見に行くこと？」

「答えるまでにずいぶん時間がかかったが、正解だ。せっかくだし、ちょっと字を書いてみろ」

その言葉に、樹はワタワタと慌てる。

「な、なんでそんな、先生みたいなこと言うんだよっ！　あんまり自分と縁のない言葉だから、とっさに思いつかなかっただけだ。書けるよ、それくらい」

「怪しい。大学まである一貫校だからって、気を抜きすぎじゃないのか？　葉のやつみたいにキチキチやらないと、どんどんバカになっていくぞ」

「キチキチって、オレの性格じゃないし。いいんだ、別に。うちの跡継ぎは葉に任せてるし、大学を卒業したらうちの会社に入れてもらうから。お父さんもがんばって財産を残すって言ってくれてるし、葉ががんばれば会社も潰れないだろ？　そしたらオレも失業しないですむし、一生安泰《あんたい》じゃん？」

「そういう考えか」

「そういう考え」

樹は口をへの字にして、きっぱりと頷く。

「前に聞いたときは、葉のほうに適正があるからといった感じだったが？」

「そうだよ。同じだろ？」

「ニュアンスがずいぶん違わないか？」

「大して変わらないって」

「お気楽なヤツだ」

「いいんだよ。未来に絶望したら、生きていくの大変じゃん。そんなことより、観劇って、どういう種類の？　オレ、あんまり劇とか観たことないんだよね。せめてミュージカルだと嬉しいんだけど」

「まぁ、ある意味、同じようなものかな。和風ミュージカルとでも思えば……」

「和風ミュージカルってなんだ？　四季みたいな感じ？」

「いいや。歌舞伎だ」

「歌舞伎ぃぃぃ？」

想像もしなかった答えに素っ頓狂な声を上げる樹に、我王は車を運転しながら肩を竦めて言う。

「お前もちょっとは教養を身につけないとな」

「そんなこと言われても…オレ、あんまり興味ないんだけど。あんまりっていうか、全然興味ない。あれって、年寄りが観るもんじゃないのか？」

「客層が高めなのは事実だが、そう決めつけるものでもないぞ。それに、歌舞伎も慣れるとなかなか面白いしな」

「うう〜ん」

そんなことを言われても、これまで一度も興味を持ったことがないだけに気が乗らない。気が乗らないどころか、絶対に寝るという自信があった。

以前、学校の授業の一環として狂言を観させられたことがあったが、始まってから三十分もしないうちに眠りについた記憶がある。

そもそも観劇自体、あまりしたことがない。ジッとしているのが苦手な樹にとって、席に座って一時間も二時間も黙っているのが苦痛だった。

実は映画も、映画館で見るよりは家でゴロゴロしながら見るほうが好きだ。途中で一時停止して食べ物や飲み物を取りに立ったり、葉と突っ込みを入れながら見ているほうが気楽で楽しい。

父親にねだってテレビもプラズマの大きなものに買い換えてもらったし、もっぱら家で

DVD鑑賞をするのが常だった。

「むむむっ…寝ちゃったら、やばいじゃん。やっぱ、オレ、パス」

「ダメだ。何事も挑戦だぞ」

「う〜っ」

どうやら樹に拒否権はないらしい。

車が銀座の辺りを通り過ぎると、我王は空いている駐車場を見つけて車をとめる。そしてジャケットを羽織り、歩いて歌舞伎座へと向かった。

きちんとした格好をした我王は、さすがに決まっている。もともとノーブルな顔立ちなので、こういった格好をすると実に映《は》えるのだ。髪を後ろに撫でつけていることもあって、実際の年齢よりもずっと大人びて見えた。

しかし中身はやはり、ちょっと意地の悪いところのある我王そのままだ。ニヤニヤと笑って、からかうように言う。

「なんだ？　あんまりいい男で、見とれたか？」

「バッカじゃないの」

たとえそうでも、樹は絶対に認めたりしない。そんなことをすれば、我王がますますいい気になるに決まっているからだ。

歌舞伎座の前には人だかりができている。

我王に連れられて中に入った樹は、物珍しそうにホール内を見回した。そして売店を冷やかしてから席に着く。

我王に薄いパンフレットを渡されて、幕が開く前に物語の筋を理解しておくようにと言われた。

最初は、興味ないな〜…と眺めているだけだったのだが、この日の演目が樹でも知っている義経と弁慶の話だと知って、少し意識が変わる。

「フンフン」

読んでみれば、意外と面白そうだ。登場人物が見知った名前というだけでも、とっつきやすさが感じられる。

「へぇ……」

物語の背景と筋を理解して、幕が開けられる。

周囲の観客はやはり年配の女性や男性が多かったが、樹が思っていたよりもずっと若い顔が見られるのは驚きだった。

とりあえず眠らないようにがんばってみようと思いながら芝居《しばい》に集中していると、時折フッと途切れる瞬間が来る。さすがにそのときは一瞬眠いような感覚に襲われはしたが、実際に眠ることはなかった。

ところどころテレビで見たようなシーンがあるのも面白かったし、独特な言い回しも意外となんと言っているのか分かる。事前にパンフレットを読んで話を知っているだけに、きちんと筋を追うことができた。

最後までしっかりと観られ、拍手で起こされることもない。その事実は、樹に満足感を与えた。

しばしの余韻《よいん》のあと、ドッと外に流れ出る人波に乗って、二人も立ち上がる。

「どうだった？」

「思ったより、面白かったかも。ストーリーさえ知ってれば、わりと楽しめるかな。でもオレは、やっぱり映画のほうが分かりやすくて好きだけど。歌舞伎は…んー、ギリギリって感じ？」

「ギリギリねぇ」

「そう。ギリギリ。やっぱり言葉とか今のと違うし、ぼんやりしてると何言っているか分からなくなっちゃうから、すごく疲れる」

「まぁ、がんばったほうか」

「そうそう。オレ、がんばったよ。寝なかっただけでも褒めてほしいなぁ」

「情けないやつめ」

我王は笑って樹の髪に手を突っ込み、グシャグシャに掻き乱す。

樹は顔をしかめて離れようとした。

「やめろよ〜っ」

文句を言いながら手を叩き落とそうとするが、我王はそれを避けてますます強く頭を掻き回す。

「もうっ！　子供みたいなんだから」

しかも憤然とする樹をからかうように言うのだ。

「お前と一緒にいると、つられて精神年齢が低くなるんだ」

「し、失礼な！　オレのせいにするな」

「本当のことだ」

そう言って笑う我王の目が、ふと怪訝そうなものに変わる。

つられてそちらのほうに視線を向け、隅のほうで力なく壁に凭れかかっている着物姿の女性を見つけた。

「坂之上《さかのうえ》さん？」

「あ…我王様……」

我王が近寄って声をかけたのは、薄紅色で控えめな着物を着た、見るからに上品なお嬢様だ。

パーティーなどの類でお嬢様の類はそれなりに見慣れている樹だが、今時ちょっと珍しいような感じである。

今時は、お嬢様といっても渋谷あたりを歩いている女の子と大して変わらないのが多い。陽気で楽しいが、その言葉の持つイメージほど上品ではない場合が大半だ。

それに比べて目の前の女性は、まさしく想像の中のお嬢様がそのまま登場してきたような感じがした。

「ご気分が優れないんですか？」

「いえ、あの…大丈夫です……」

蒼白な顔色で、それでもなんとか微笑を浮かべようとしている。

無理をしているのは傍《はた》から見ていても明白で、樹は今にも倒れるんじゃないかと心配してしまった。

「お車はどちらに？」

「それが…帰してしまいましたの……。終わったら、お買い物に行こうかと思っておりましたので」

「それは困りましたね」

「タクシーを拾いますから…大丈夫ですわ」

弱々しくそう言いながら、気丈《きじょう》にもにっこりと微笑む。

儚《はかな》げで、とても綺麗な微笑だ。

我王はそんな女性にソッと腕を回して支えると、気ぜわしそうな視線を向ける。そして樹に向かって言った。

「樹、俺はこの女性を送っていくから、お前、一人で帰れるな？」

「えっ、一人で？」

「ああ」

「でも…なんか食べてくって言ってたじゃん」

「それは、また今度だ。帰ったら、連絡するから」

そう言うと、我王はその女性を抱きかかえるようにして支えながら去ってしまう。

樹は何も言えないまま、人込みの中、要領《ようりょう》よくタクシーを捕まえて乗り込む我王の後ろ姿を呆然と見つめた。

「うそ……」

本当に一人きりで置いて行かれてしまい、樹は呆然とする。これまで我王はどんなことよりも自分を優先してくれていただけに、ショックも大きかった。

セックスするようになってからも相変わらず我王は樹に甘く、恐ろしく多忙《たぼう》なくせに無理やり樹との時間を作ってくれていた。

だから少し、自惚《うぬぼ》れていたのかもしれない。

いつの間にか自分のことを優先するのが当然と考え、こんなふうに置いていかれるなど考えもしなかった。

そのままボーッと立ちすくんでいると、後ろからドンと肩がぶつかり、樹はようやく我に返る。

こんなところでいつまでもぼんやりしていても仕方ないと、人波に押されるようにして外に出た。

樹たちが観たのは昼の部だったので、まだ外は明るい。暖かな太陽の下、無意識のうちに、溜め息を零した。

人の流れに乗っていると駅へと辿り着く。

お腹は空いていたが一人で店に入る気にはならず、樹はどこにも寄り道をしないで一人寂しく電車で帰った。

しょんぼりとした樹が家の玄関のところで靴を脱いでいると、葉が居間から顔を出して声をかける。

「あれ？　今日、遅くなるって言ってなかったっけ？」

「んー……ちょっとな……」

モゴモゴと答えると、葉が首を傾げたのが分かる。

「樹？」

「オレ、ちょっと寝るから」

「……」

いつもと違う樹の様子に、葉は心配そうな顔をする。

しかし樹は葉の視線を避けるように下のほうを見つめたまま、足早に階段を駆け上がる。

自分の部屋に逃げ込むと、バタンと扉を閉めてカギをかけた。

手に持っていた荷物を机の上に放り投げ、ベッドに倒れ込む。

大きな枕を腕の中に抱え込むと、う〜っと小さく唸りながら何度も寝返りを打った。

どうにも気が塞いで仕方ない。

久々のこの感覚は、落ち込んでいるといってもいいものだ。でも、落ち込む必要なんてないと分かっている。

あの女性は我王と知り合いで、知り合いの女性が具合悪そうにしているところを見れば、助けるのは当たり前のことだ。

ただちょっと、女性に回された腕が妙に優しそうに見えたりとか、急ぐあまりポイッと放り出すように置いていかれたのが気になっているだけだ。

それに、あの清楚で綺麗な着物姿の女性が我王に支えられている姿は、まさしく美男美女で絵になっていたことも。

あの雰囲気や我王の丁重な扱いからいってどこかのご令嬢というのは間違いないだろうし、樹と違ってしっとりとした大人の女性の魅力がある。二人が並んで立っている姿は実に釣り合いが取れていた。

もちろん全部、樹の気にしすぎである。

特に何かあったわけではないのだから気にすまいと思っても、二人のことが頭にこびりついて離れなかった。

溜め息は絶え間なく漏れる。

樹は自分でも気がつかないうちに、ひっきりなしにハァだのフゥだのといった溜め息を漏らしていた。

起き上がったり、また寝たりといった落ち着きのない行動をベッドの上で繰り返し、我王に対してむかっ腹を立てたりする。

電話が来ないのだ。

別に待っているわけじゃないけど…と自分にいいわけをしながら、視線はチラチラとポケットの中から取り出した携帯電話に注がれている。

時折、新着メールの問い合わせをしてみるが、用件は入っていない。たまにメールを着信して慌てて見てみれば、それは高校の友達なのだ。

「連絡するって言ったくせにっ」

まさかポンと家まで送ってすぐに帰るというわけにはいかないだろうから、引きとめられているのだろうと想像することはできる。それに我王は車を駐車場に置いていったまま女性を送っていったので、それを取りに戻る必要だってあった。

事情は分かる…が、ちょっと電話を入れるくらいできると思うのだ。

それをしないのはなぜだろうと考えて、再び暗くなっていく自分がいる。

延々とそんなことばかりを考えていた樹は、トントンと扉をノックされて驚きのあまりビクッと飛び上がった。

「樹、ご飯だって」

「………」

そう言葉をかけられて時計を見てみれば、いつの間にかもう何時間も経過している。

その間というもの、樹はグルグルと同じ考えを頭の中で捏《こ》ね繰り回しているだけだ。時計を見るのも嫌で放棄《ほうき》していたので、まさかそんなに時間が経っているとは思わなかった。

「樹？　寝てるの？」

中に入ってきそうな気配に、樹は再びビクリとする。

自分でも不思議なくらい、どっぷりと落ち込んでいるのだ。

こんな状態の自分を見れば、葉はすぐにおかしいと気がつく。顔を見られたくなくて、慌てて扉に向かって言った。

「……お腹空いてないから、いらないって言って！」

「ええっ⁉」

葉は、いっそ失礼なほど驚きの声を上げる。

樹は風邪を引いて寝込んだときだって食欲はあまり減退せず、これ幸いとばかりに「お粥《かゆ》が食べたい」だの、「リンゴを擦ったのが食べたい」などとリクエストするのだから無理からぬことだった。

慌てて中に入ってこようとしたらしく、ガチャガチャとドアノブが回る音がする。しかし樹がカギをかけてしまったので、扉が開くことはなかった。

「樹!?」

再び驚愕の声だ。

一応それぞれの部屋にカギはついてるものの、今まで一度も使ったことがなかったためである。

「具合、悪い？　ここ、開けて」

「悪くないっ！　平気……」

「悪くないんなら、開けてくれてもいいんじゃないの？　樹がご飯をいらないなんて…顔を見るまでは心配だよ」

「……」

「樹？　本当に大丈夫なの？　お願いだから、ここを開けてくれないかな。……樹？　樹ってば」

「……」

葉の必死の問いかけに答えないでいると、やがて諦めたのか静かになって、扉の外から葉の気配が遠ざかっていくのが分かった。

樹はホッと安堵の吐息を漏らし、無意識のうちに固くなっていた体から緊張を抜く。

静かになれば、再び考えるのは我王のことである。気にしないよう、他のことを考えるい無理やり思考をよそに逸《そ》らしてみても、いつの間にか頭の中は先ほどのことでいっぱいになる。

「いくらなんでも、遅すぎるだろ……」

こんな時間まで電話がかかってこないということは、まだあの女性の家に引きとめられている可能性が高い。

「おかしいじゃん……」

ただの知り合いで、具合が悪いからちょっと送っただけにしては、滞在《たいざい》する時間が長すぎる。

本当にただの知り合いなのだろうかと、嫌な考えが頭を過ぎる。

何しろ我王の恋愛遍歴はなかなかすごいものがあるらしいので、その中の一人にあの女性が入っていたとしてもおかしくない。そしてこれがきっかけで、寄りを戻すことだってありえなくはないのだ。

「………」

それは、すごく不愉快だと思う。

自分と付き合っているのに…というのもあるが、それ以上に何かこう…モヤモヤとするものがあった。

「う〜っ」

低い、唸り声が漏れる。

今や溜め息は怒りへと変わりつつあり、樹の機嫌は下降する一方だった。

「樹……」

自分の思いで頭がいっぱいだった樹は、すぐ近くでその呼びかけが聞こえるまでまったく他者の存在に気がつかなかった。

バッと顔を上げて、振り返ったその先には葉がいた。

「葉…どうして…？」

「マスターキーだよ」

手に持ったそれを、葉は樹に見せる。

そんなものがあったことすら知らなかった樹は、恨めしそうに葉を睨んだ。

「……ずるい」

「ずるくない。樹に何かあったんじゃないかって、心配したんだから。樹…もしかして、泣いてた？」

「泣いてない！　どうしてオレが泣くんだよ」

「………」

実際、樹は泣いたりしていないのだが、葉はどうも信じていない様子である。自分はそんな情けない表情をしているのかと、樹は思わず顔を手で覆う。

葉は眉を寄せ、少し怒ったような顔で聞いてきた。

「それで？　何があったの」

「別に…なんでもないよ」

「なんでもない顔じゃないよ。それに、引っかかってることがあったら話すほうがいいと思うけど。話せば考えもまとまるし、それだけですっきりするものだよ」

「……そんなもん？」

「うん」

「………」

こういった経験は極めて乏しい樹なだけに、自信満々に言われるとそんな気がしてきてしまう。

「それで？」

迷っているところに絶妙のタイミングで促されて、樹は少し逡巡したあとに小さな声で言う。

「我王と、歌舞伎を観に行ってて……」

「歌舞伎？　樹、歌舞伎なんて嫌いなくせに。あんなの退屈で退屈で、絶対に寝るとか言ってたじゃないか」

「そうだけど…実際に観てみたら、思ってたほど退屈じゃなかったぞ。ストーリーさえ知ってれば、意外と楽しめるもんだな」

「だから、一緒に行こうって何度も誘ったのに。その度に断ったのは樹だろ。なのに、どうしてあいつとだと一緒に行くんだよ」

葉は不満そうだ。祖父に付き合わされて何度か観に行っているうちに好きになり、樹も一緒に行こうと誘われていた。

それらをすげなく断っていた樹は、多少慌てながら言い繕《つくろ》う。

「べ、別に、合意の上で観に行ったわけじゃないぞ。目的地がどこか知らないで、歌舞伎座にまで連れていかれたんだ」

「ふぅん」

「あ、なんだよ、その言い方」

「別にぃ。どこに連れていかれるか分からなくて、それでもいいんだぁと思っただけ。いつの間にか、ずいぶん信頼するようになったんだね」

「し、信頼っていうか……」

一応…恋人同士なのだ。多分。

セックスだってそこそこしてるし、我王もそういう態度で接してくる。これは立派にお付き合いしていると言っていいはずだ。

それでも樹の意識はなかなかそこまで到達できず、我王の勢いに流されるまま付き合っている感じだった。

樹は気まずそうにコホンと咳払いをする。

「まぁ…それで、意外と面白くは観られたんだけど…そこで、我王が知り合いだっていう女の人が具合悪そうにしてて……」

樹は身振り手振りを交えながら、一生懸命今日あったことを説明する。

しかしそこに少しばかり我王に対する怒りがこもってしまったため、少々客観性には欠けていたかもしれない。

葉は余計な口出しをせず、うんうんと話を聞いてくれた。怒った様子も見せなかったため、樹としても思ったことを存分に口に出せる。

一気に全部吐き出したあと、すっきりした気分で礼を言う。

「葉と話してて、ちょっと楽になった」

「そう？　よかった」

「ありがとな」

「そのための双子だからね。活用しないと」

我王とデートしていたことを言ったのだから不機嫌になるかと思っていたが、そんなふうに笑顔を見せてもらえるとホッとする。

そしてそれと同時に、こんな時間まで電話を寄越さない我王に対する怒りが込み上げてきた。

「なんか、おとなしくあいつの電話待ってるの、すごく腹立つ。こんな時間までかかってこないんだから…きっと、あの人のとこにまだいるんだ……」

言っていて、どんどん腹が立ってくる。樹は携帯電話を掴むと、腹立ちのまま電源を切ってしまった。

葉は何も言わずにそれを見つめ、樹の表情をジッと見つめている。そしてしばらく黙っていたかと思うと、ポツリと聞いてきた。

「それで？　どうする？」

「何が？」

「携帯がいつまでも切られたままだったら、そのうちに家のほうに電話がかかってくると思うよ。状況からして、明日あたりかな。今日は多分、樹が拗《す》ねてると思うだろうから」

話したくないんでしょと聞かれ、樹の眉間に皺が寄る。

「……ない」

「じゃあ、どこかに出かける？　せっかくの春休みだし、気分転換も兼ねて、箱根の別荘にでも行こうか？」

「んー…いいかもな……」

樹はいまひとつ気のない様子を見せる。

今は考えること自体、面倒くさい。自ら切ってしまった携帯電話が気になって…でもだからといってまた入れたいわけでもなく……。

我王から電話がくるかどうかはとても気になるが、もしかかってこなかったらという可能性もあることを考えると不安が生まれる。

樹がそんなことをツラツラと考えている間にも、葉はとっとと話を先に進めようとする。

「ああ、でも、うちの別荘じゃ、すぐにあいつに見つかっちゃいそうだな。どうせなら、全然別のところに泊まろうか」

「んー…そうだな……」

「じゃあ、早速荷造りするね。樹は何もしなくていいから」

「んっ、サンキュー……」

あんまり頭は動いていない状態だから、返事はほとんど上の空だ。それでもちゃんと会話になっている。

旅行に行くということで話をまとめた葉は、ぼんやりと考え事をしている樹の横で早速テキパキと荷造りを始めた。

「出発は、明日の朝だからね。ボクが起こすから」

「んー…分かった……」

適当に返事をしながら、樹はジッと手の中の携帯電話を見つめていた。

★
★
★

予告どおり、葉は朝のうちに樹を起こした。

昨夜はなかなか寝つくことができず、起きたくないとダダをこねる樹を宥め、ご丁寧にも手を取って洗面所まで連れて行ってくれる。顔を洗ったら、タオルを差し出すというオプションつきだ。

高子に頼んだのか朝食は樹の好物であるフレンチトーストで、先にすませてしまったらしい葉は、紅茶を飲みながらニコニコと実に機嫌よく樹が食べるところを眺めていた。

食事を終わらせると、あまりゆっくりする間もなく葉に出かけようと促される。

段取りのいい葉は、すでに電車の時間も調べてあるらしい。いつもなら車で出かけるのに、せっかくだからリゾート列車で風景を眺めながら行こうと笑った。

樹には特に希望がないから、葉の為すがままだ。寝不足で、頭がボーッとしているのもそれに拍車をかけている。

東京駅まで出て、列車に乗って。二時間近く揺られた先で、今度はタクシーを拾ってホテルに直行した。

車が着けられたのは、海辺の瀟洒なホテルである。目の前には大海原《おおうなばら》が広がり、まさしく絶景といった場所に建てられている。

まだチェックインにはずいぶんと早いと思うのに、話は通っているらしい。すぐに手続きは終わり、部屋へと案内された。

寝室とリビングとが分けられたスイートだ。葉は樹と違って居住性にこだわるほうなので、兄弟での旅行にもこういう部屋を選ぶらしい。

歩いていてものにぶつからない程度の空間があって、あとはテレビとベッドさえあればいいと思っている樹には理解できない感覚だ。

しかし三人は余裕で腰掛けられるソファーの座り心地と、窓から海の見える風景は気に入った。

樹はソファーにだらしなく寝そべり、葉に少し眠ると宣言する。そしてそのまま目を瞑《つむ》り、ウトウトと気だるい眠りに吸い込まれていった。


居心地のいいこのホテルに滞在してから、丸三日が過ぎた。

その間というもの樹は一歩も部屋から出ず、ただ怠惰《たいだ》に風景を眺め、テレビを眺め、眠くなったら寝るという生活をしている。

食事はルームサービスが多い。

いつもならせっかくだから美味しいものが食べたいとネットや本で調べてあちこち食べ歩く樹だが、今回はそういう気分にはならなかった。

しかもそのルームサービスでさえ、葉が勝手に注文をして樹に食べさせているような状態である。ときには一階にあるベーカリーで、樹が好きそうな焼きたてのパンを買ってきてくれた。

いつも以上に過保護だ。

時折、どこかに行こうかと誘ってくる。それは動物園だったり、植物園だったり、ただ目の前の海を散歩しようという誘いだったりする。

沈みがちな樹の気を引きたてようとしているのが分かる。

これまでは我王のことが気になって動く気になれなかったのだが、さすがに四日目にもなると悪いことをしている気持ちになってしまう。

どうせ、携帯電話の電源は切ったままだ。一応持ってきてはいるものの、下手に時間が経ってしまってますます電源を入れる勇気がなくなっている。

そのくせ、起きて着替えると、まず携帯をズボンのポケットに捻《ね》じ込むのが癖になっている。邪魔なだけのそれを常に意識しているのだから、自分でも何をやっているのだろうと呆れてしまった。

本当は、そんなに気にするようなことじゃないと分かっている。

我王はたまたまあの歌舞伎座で知り合いの女性…しかも具合が悪い女性と出会って、積極的にか消極的にかは分からないが、そのまま捨て置けずに家まで送り届けることにしただけだ。

そしておそらくは、その親切さに女性の親が我王を引きとめ、帰るに帰れなくなっただけに決まっている。

事情は、樹も充分に理解している。

時間が経過して、少しは客観的に考えることもできた。

だがそれでもなぜか寄り添っていた二人の姿が目に焼きついて、素直になることができないのである。

「なんで、こんなに気になるのかなぁ……」

自問自答の呟きは小さく、樹の口の中で消えていく。樹の思考は、再び迷宮の中に入り込んでしまった。

「樹、せっかくだし、どこか遊びに行く？　バスと電車を使えば、いろいろ回れるみたいだよ」

「んー……」

「なんだったら、海辺を散歩してもいいし。気持ち良さそうじゃない？」

「んー……」

海辺の散歩ですら面倒で、他人と顔を合わせることはもちろん、外に出ること自体とても億劫《おっくう》に感じられた。

葉には、とても悪いと思う。

こんな自分と一緒にいても面白くないだろうから、一人で行っていいと言っているのに、心配なのかなんなのか、側にいてくれようとするのだ。

「……」

最初は上機嫌だった葉の機嫌が、日々改善されない樹の態度の悪さにだんだん苛立ってきているのを感じる。

普段なら、葉の気配はまったく気にならない。

しかし今は、自分のほうを窺うその視線ですらチクチクと突き刺さるように感じられ、とても気に障《さわ》った。

心配をさせておいて悪いとは思うものの、その心配自体が邪魔なのである。

樹は自分が少しばかり落ち込んでいることは知っていたが、それは葉にそんなに気にかけられるようなことだとは思っていなかった。

「樹、少しは外に出ないと、せっかくこんなところまで来たのに、気分転換にならないと思うんだけど」

「んー……」

「……」

あまりの反応のなさに、さすがの葉も溜め息を漏らした。

「樹……」

呼びかけて、いきなり問いかける。

「あいつのこと、好き？」

「……えっ？」

「赤目我王のこと、好きかって聞いたんだよ」

「な、な、なに言ってんだ⁉」

今まで外に行こうという話をしていたのに、どうしていきなりそんなことを聞いてくるのか樹には理解できない。

おまけに、極めて答えにくい質問だ。

相手が我王を敵対視している葉だというだけではなく、いまだ樹の中ではちゃんとした答えの出ていない内容だったからである。

樹はここに来てから、初めてと言ってもいいくらいきちんと葉に相対する。おかげで葉には皮肉交じりの苦笑をされてしまった。

「ようやく、ちゃんとこっちを見たね」

「うっ…ごめん……」

確かに樹の態度はよくなかった。

二人で一緒にいるというのに、考えるのは我王と女性のことばかりで葉の存在を無視していたも同然なのだ。

反省して身を小さくすると、樹に甘い葉はすぐに表情を緩める。

「いいよ。さぁ、散歩に行こう。少し歩くと店が並んでいて、串で焼いた魚やサザエなんかを食べさせてくれるんだよ」

葉はそんなことを言いながら樹の手を取って握り締め、部屋の外へと連れ出す。そしてそのまま廊下を歩いてエレベーターに乗り、外へと出た。

高校生の男二人が手を繋いで歩くというのは珍しい光景だが、二人の可愛い部類に入る容貌と、そっくりな顔が周囲の視線をあたたかいものにする。

こういうとき、双子は便利だ。一卵性のおかげで双子だと一目で分かるから、「ああ、双子なのね」「仲がいいのね」ですんでしまう。

それに並んで歩いているわけではなく、葉が樹を引っ張っている形なので、周囲には余計に微笑ましく映っているらしい。

久し振りにホテルの外に出たせいか、海からの照り返しがやけに眩《まぶ》しく感じる。

室内にいただけでは気がつかなかった海風には潮の香りが混じっていて、思わず大きく息を吸い込んでしまった。

「どう？　気持ち良くない？」

「気持ちいい……」

「樹、海、好きだからね。夏だったら海の家がたくさんあって面白いんだろうけど、この時期じゃさすがに見当たらないな。あ、でも、お土産やさんはちゃんと開いてるから、何か食べようか？」

「……食べる」

樹がコクリと頷くと、葉は嬉しそうに破顔《はがん》する。

葉は、食欲さえ戻れば大丈夫だと思っている節《ふし》がある。確かに樹は食い意地が張っているほうだから、箸が進まないと心配になる気持ちは分かるような気がした。

「ほら、こっちだよ」

葉は海に沿って歩き始める。相変わらず手は繋いだままだ。

さすがにちょっとばかり恥ずかしく思えるそれも、どこか心細い気持ちのある今は振りほどく気にはなれなかった。

散歩を兼ねてゆっくりと五分ほど歩くと、いくつかの店が並んでいる道に出る。

店先には干した魚やイカなどが並び、小さなテーブルと椅子では軽食や炭で焼いた海産物が食べられるようになっている。

「ボクは抹茶《まっちゃ》セットにしようかな。樹は何にする？」

「サザエの壷焼き♡」

水槽《すいそう》に入っているのを食べさせてくれるらしいと知って、樹は目を輝かせる。しかも真っ黒に日焼けしたおばちゃんが、好きなのを選んでいいと言ってくれるのだから嬉しさもひとしおだ。

「これがいい」

「はいよ」

豪快に手を突っ込んで樹が指定したものを掴み、それを網の上に乗せる。ついていた水滴が炭に落ちてジュウジュウと音を立てるのがいい感じだった。

「なんか、ちょっと楽しいぞ」

「そう？　よかった」

やがて貝の焼けるいい匂いがしてきて、二人の前に葉の抹茶セットと樹のお茶、それに醤油《しょうゆ》などがドンと置かれる。

「もう焼けるからね」

「はいっ」

ワクワクと、期待しながらサザエが運ばれるのを待つ。そしてすぐに運ばれてきたそれは、まさしく期待に違《たが》わない味だった。

「美味しい？」

「うん」

生をその場で焼いて、醤油をかけて食べているのだから、美味しいに決まっている。こんな食べ方は、海辺ならではの贅沢だ。

樹は熱々のそれをせっせと頬張り、ついでに葉の抹茶セットの饅頭《まんじゅう》ももらって口直しにする。

途中で頼んだ二個目もペロリと平らげ、ご馳走様と立ち上がったときには樹の気分はすっかり晴れていた。

ニコニコとする樹に、葉も笑みを浮かべる。

「オヤツでも買って帰ろうか？　夜は、どこかこの辺りのお店に入るのもいいね。さすがにルームサービスには飽きたろう？」

「ん、ちょっとな。どうせなら、お寿司とか食べたい」

「あとで、ホテルの人にお勧めの店を聞いておくよ」

「サンキュー」

そんなことを話しながらしばらく歩いて、途中で見かけた和菓子屋で団子を買う。それにドラヤキも。

ブラブラと回り道をしながらホテルに戻った。

部屋の、お気に入りのソファーに座り込んで靴を脱ぐと、大きく伸びをする。葉も隣に座り、背凭れにもたれかかった。

「気分転換になって、すごく楽しかった」

「そう？　よかったね」

「うん。葉のおかげだ。ありがとな」

「どういたしまして」

葉の微笑みは優しい。自分と同じ顔でありながら性格はまるで違い、気は利くし優しいしで言うことなしだ。

どうせ恋愛をするなら、樹みたいに無神経で人の優しさにアグラをかくタイプより、葉のほうがずっといい。

樹は葉に視線を向けると、改めてマジマジと見つめた。

「なに？」

「お前って、マメだよなぁ。優しいし」

「いきなり何を言い出すんだか」

「やっぱ、付き合うんなら、マメにしないとダメだよな。相手におんぶに抱っこじゃ絶対、良くない。そういうのって、相手が疲れて嫌になったら終わりなわけだし。相手から返ってこないんじゃ、嫌になっても仕方ないし……」

葉に話しかけているというよりは、自分と対話している感じだ。ブツブツと呟いて、一人で納得している。

つまり樹は、今までの自分の態度を反省していたのである。あまりにも我王に甘えすぎ、受け取るばかりだった気がする。

もしも自分が我王の立場だったら、調子に乗るなと頭の一つも叩いていたかもしれない。忍耐強くもないし、誰かの世話をするのも苦手だから、その前に捨てている可能性だってある。

何はともあれ猛烈《もうれつ》に忙しいはずの我王が、よくもあれほどまでに樹に合わせてくれていたものだと不思議だった。

自分の考えに没頭する樹に、葉が溜め息混じりに呟く。

「樹が好きだよ」

「え？　うん、オレも」

「………」

葉との、このあたりのやり取りには慣れている。何しろ葉はスキンシップが好きで、ことあるごとに好きだと言ってくるので。だから樹も好きだと答え、それは小さい頃からの習慣のようになっている。

答えるのに考える必要も、そしてためらう必要もないところが我王を相手にするときとは違う。

我王には、とてもではないがそんなふうに軽々しく好きだとは答えられない。我王に好きだと言っている自分を想像するだけで、顔から火が出る思いだ。

葉とは違うのだと、如実《にょじつ》に感じる。それだけでなく、今まで知り合った他の誰とも我王は違う。

やはり樹の思考はすぐに我王のほうに流れていって、妙に重い沈黙にふと気がつけば、葉が思い詰めた目をして見つめていた。

「……葉？」

怪訝に思って首を傾げる樹に、葉はガバリと覆い被さってくる。

「葉っ⁉」

突然の葉の行動だ。当然のことながら樹は何がなんだか分からないまま、ソファーに押し倒されることになる。

いきなりなんなんだと葉に文句を言おうと押し返そうとしたところ、葉の腕が樹のシャツを掴んでバッと左右に開かれた。

乱暴なそれにシャツのボタンは引き千切られ、胸が露にされる。

樹はギョッとして目を見開いた。

「ちょっ！」

樹の胸には、我王につけられた跡がまだ薄く残っている。あまり人には――たとえそれが双子の弟でも――見られたくはない情事の痕跡《こんせき》だ。

薄くなった今でもどこか淫靡な雰囲気を発しているそれは、風呂に入るたびに樹を赤面させるものでもある。

「あいつがつけた跡だね」

「…………」

「……許せない」

憎々しげに呟くと、葉はおもむろに胸に吸いつく。ツキンと痛いような感触を覚えるそれは、我王に与えられた愛撫と同じものである。

まさかそんなことをされると思わず、樹は唖然《あぜん》とする。

一瞬、葉の悪ふざけだろうか…と考えないでもなかったが、葉は思い詰めたような暗い形相で樹に食らいついている。

空いた手が、樹の股間へと伸びる。それは樹の疑いを肯定する手つきで、グッと樹のものを握りこんだ。

兄弟でしていいような行為ではないはずだ。もちろん男同士でもそうなのだろうが、我王との間には血縁のタブーはない。

「やめろ！　葉っ!!」

「嫌だ。樹のことが好きなんだ」

「オレたち、兄弟だぞ！　双子なんだぞっ!?」

「それが何？　好きだよ。本当に、樹のことが好きなんだ！　今までずっと樹のことしか

見てなかったのに、あんなヤツに取られるなんて。樹があいつのことを考えること、それ自体がボクには我慢できないんだ。ボクは…樹が欲しい」

「葉……」

実に仲のいい双子の弟という目でしか見てこなかった樹にとって、それは衝撃的な告白である。

葉が自分に対して一種の独占欲を持っているのは知っていたが、それは生まれたときから一緒だった存在に対する執着だと思っていた。

幼い頃に亡くなった母に対する思慕《しぼ》の分まで自分にぶつけ、成長するに従って少しずつ落ち着いてくるような、肉親に対する愛情だ。

しかしそこには肉欲が混じっていると知って、愕然《がくぜん》としないはずがない。

思えば最初に葉にキスマークをつけられたときも、葉は樹に欲望を抱いていたのかもしれない。

樹はてっきり、葉が我王とのことを邪推《じゃすい》し続けて煮詰まり、それで腹癒《はらい》せにやったのだと思っていたが、今思えばあのときの葉は今と同じひどく苦しそうな煮詰まった瞳をしていた。

自分がもう少し敏ければ、こんな事態になるまでにもう少しなんとかなったはずだ。葉をこんなふうに追い詰めたのには、自分の責任が大きいと思った。

でもだからといって、罪滅ぼしに葉に抱かれるなどできない。そんなこと、できるはずがなかった。

樹は葉を押し返そうと、肩を掴んだ手に力を込める。

だが力はほとんど互角《ごかく》のはずなのに、押し倒されてしまったその体勢が悪かったのか、葉を引き剥がすことができなかった。

「葉っ!!」

「ダメだよ。ボクは、樹を抱くんだ。あいつとは違うやり方で」

「………」

暗い瞳で微笑む葉を、樹は初めて怖いと思った。

身動きが取れないままいくつもいくつも戒《いまし》めのようにくっきりとした跡を残され、葉の手があちこちをまさぐり始める。

樹は唸り声を上げて葉にやめるよう言うが、すでに心を決めている葉がそんな言葉に心を動かされるはずもない。

チュッチュッと音を立てて吸いつきながら、ジーンズのジッパーに手がかけられる。

嫌がって身動いだが押さえ込まれた体勢ではろくな抵抗にならず、ジッパーは最後まで下ろされてしまった。

そして下着の中に潜り込ませようと上げた腕が、葉に隙を作る。

いつもならうかうかとして見逃すだろう樹だが、さすがに今回ばかりはそれを見逃さず、必死になって手を振り回して上手いこと葉の顎に当たる。

「つっ！」

顎は急所のうちの一つだ。そう力を入れて殴ったわけではなくても、電気が走ってしばらく動きを止めるくらいの衝撃は与えられる。

樹は葉を突き飛ばすようにしてその体の下から抜け出し、ひどく乱れた姿のまま部屋を飛び出した。

廊下を走り、ガチャガチャとエレベーターのボタンを押して。たくさんあるうちの一つがすぐにやってくると、それに飛び乗って一階に下りる。

ホテルを出て、走って、走って、走り続けて。

一体どれくらい走ったものか、胸の苦しさにそれ以上走れなくなった樹がようやく足を緩めて止まったとき、あまりにも呼吸が乱れて息ができないほどだった。

ドクドクと自分の鼓動《こどう》がうるさく感じる。

小さな公園が視界に入ったのでそこに入り、人目につかないよう大きな木の陰に隠れるようにして座り込む。

呼吸が治まるまでには時間がかかって、ようやく落ち着いて自分の格好を見下ろせるようになったのもずいぶんとあとだった。

シャツのボタンはなくなり、ジーンズのジッパーも下げられているひどい姿である。靴だって履いていないし、こんな格好でホテルを出て走っていたのかと思うと、冷や汗が出る思いだ。

樹はシャツをかき寄せて蹲《うずくま》り、泣くまいと唇を噛み締める。しかしそんなふうに我慢してみても、嫌でも涙は零れてきた。

「う〜……」

しゃくり上げ、ゴシゴシとシャツで水滴を拭う。

もう、ホテルには戻れない。

でも、財布も何も持たずに飛び出してきてしまった。

どうすればいいんだろうと途方に暮れて、そういえばズボンのポケットに携帯電話を入れていたことを思い出す。

樹はポケットの中から小さなそれを取り出し、ジッと見つめたまま逡巡する。

こんなときに助けを求める相手が、我王しか思いつかない。それに今はただ、我王に会ってその顔を見、その腕に包まれたかった。

一人でいるのが怖い。

樹は大きく深呼吸して溜め息を漏らすと、震える指で携帯電話の電源を入れた。

しかし電源を入れること自体、数日ぶりだ。

一瞬、電池が残っているのか不安になった。もし切れてしまっていたら、我王に連絡をいれることができない。いつも携帯電話のメモリーを使ってやり取りをしていたので、当然のことながら番号を覚えているはずがなかった。

それに財布を持って出なかったから覚えていたとしても電話できないし、そうなったら本当にどうすればいいのか分からない。

樹はかなりドキドキしながら、電源を入れた。

「……入った。良かった。でも、あと少ししか残ってない……」

表示された電池の残量は、一番下のレベルになっている。モタモタしていたら、通話中に切れる可能性だってあった。

コールをしている時間だって惜しい。

しかし幸い、我王は二コール目には出てくれた。

「が、我王……？」

「このバカッ‼」

「……」

いきなりの怒鳴り声に、樹は耳がキーンとするのを感じる。

不意打ちだったのでビックリしていると、我王は更に怒鳴り続ける。

「お前、どこに消えてやがった！　携帯も切りっぱなしだし、心配するだろうが！　葉のやつと一緒なんだろう？　何もされていないだろうな⁉」

「うっ……」

ついさっきされたばかりである。

思わず息を呑んだ樹の声を聞きつけ、電話の向こうで我王はギャーッと叫んだ。

「な、な、なんだ⁉　されたのか？　されちまったのかぁ⁉」

このままでは最後までされたと誤解されそうな勢いだ。

「ち、違う！　何もされてないっ。い、いや、何もってことはないけど…でも、されてないから！」

あいにくと、樹はあまり語彙《ごい》に溢れているとは言えない。そのうえとても焦っていたので、余計に誤解を与えるような表現になってしまった。

我王はますます「ギャーッ！」だ。

「違うんだって〜。そうじゃない、そうじゃないんだよ。だから、つまり、ええっと、なんて言えばいいんだ⁉」

混乱して、ちゃんとした説明ができない。それなのに刻々と時間は流れ、電池が切れるときが確実に近づいてきているのだ。

焦った樹は、これ以上ないほど端的に説明をする。

「つまり、やられそうになったけど、やられてない！　下着の中にも、手を突っ込まれてない！　分かったか⁉　もう、いつ電池が切れるか分からないんだよ〜」

最後はほとんど泣き声だ。

「なんだと〜？　充電くらいきっちりしておけ！　それで？　とりあえず、今から車でそっちに向かうから、それまでおとなしくしてろ。ああ、それから電池が切れたときのために、オレの携帯番号を言うから、どこかにメモっておけ。どうせ覚えてないんだろう？」

「そうだけど…お財布持ってないから、教えてもらったって、オレからは電話なんてできないよ」

「アホッ！　ドジ！　マヌケ！　それくらい持って出ろっ」

「そんな余裕なかったんだから、仕方ないだろっ。襲われてたのを、突き飛ばして逃げ出してきたんだぞ！　財布どころか、靴だって履いてないよ」

「そんなことで威張《いば》るな。とにかく、住所だ、住所。カーナビに入れるから」

「分かった」

樹は公園の入口まで歩いていって、そこに書かれた名前を言う。ついでに近くの電信柱にあった地名と番地も。

「よし、分かった。俺が行くまで、おとなしく待ってろ。速攻で行くから」

「うん」

樹は通話を切ると、再び木のところに戻って座り込む。

我王と連絡が取れて安心したせいか、ドッと疲れが出てきた。

「……なんか、我王と話したら、深刻な気分がどっかに吹っ飛んだ……」

怒られて、怒鳴られて、バカだのアホだの散々なことを言われたのに、妙にすっきりしている。

我王に任せれば、万事オーケーだと心のどこかで頼っている。いつの間にか我王のことを信頼するようになっていた。

樹はホッと安堵の吐息を漏らし、体から力を抜いて木に凭れかかった。

★
★
★

一人で待つ時間は、ひどく長く感じられる。

公園といっても、ここには遊具の類はほとんどない。古びたシーソーが一つと、あとはお義理のように動物の置き物が点々とあるだけだ。

子供たちにも人気がないのか、誰も来ないのがありがたい。

公園の前を人が通り過ぎると、見つからないように身を縮めてしまう。こんな姿を誰かに見られるのは嫌だったし、葉に見つかるのも怖かった。

あんな状態で飛び出してきたのだ。きっと樹のことを心配して探しているだろうが、今はまだ葉に会えるような精神状態ではない。

葉が自分をあんなふうに思っているとはまったく知らなかった。

これまで見たことのなかった、葉の表情。ギラギラと何かに憑《つ》かれたような目をして、樹を見つめていた。

思い出すと、体がブルリと震える。

葉を怖いと思ったのは初めてだった。そして、自分が葉を怖いと思う日がくるとは、考えたこともなかった。

「我王ぅ…早く来いってば……」

ほとんど泣き出しそうな情けない顔での呟きは、他に誰もいないからできることだ。

東京からここまでは、結構な距離がある。一時間や二時間では来られないんじゃないか…と不安に思いながら、樹は命綱のように携帯電話を握り締めて公園の入口をジッと凝視《ぎょうし》していた。

見慣れたシルバーブルーの車が公園の前に止まったのは、樹が予想していたよりもずっと早い時間だった。

樹は自分で運転しないからここまでの正確な所要時間など分からないが、それでもずいぶんと早すぎる感はある。この公園を探すのだって、そうすんなりいったかは怪しい。もしかしなくても、相当飛ばしてきてくれたのかもしれない。

我王は慌てた様子で車から降り、公園に入ってこようとしている。

樹はよろめきながら立ち上がった。

「我王！　我王っ!!」

ブンブンと手を振りながら我王に駆け寄る。

「樹っ！」

我王のほうも樹に気がついて、一目散に駆けつけてくれた。

走ったその勢いのまま、ドンとぶつかるように我王の胸に飛び込む。しっかりと背中に腕を回され、抱き締められた。

「心配したぞ」

てっきりまた怒られるとばかり思っていたのにそんなふうに優しく言われて、再びドッと涙が溢れてくる。

「う～っ」

涙を見られたくなくて我王の胸に顔を埋めたが、シャツはジンワリと濡れてくるし、きっと我王には気づかれてしまっているはずだ。

いつもならからかいの一つも言ってきそうな我王なのに、このときばかりは宥めるように優しく背中を撫でるだけだった。

大きな手のひらから伝わってくる温《ぬく》もりが、樹をホッとさせる。

もう大丈夫なんだ、安心なんだと全身で感じていた。先ほどまでの怯えた小動物のような不安感はもうどこにもなく、すべてを我王に委《ゆだ》ねている。

この、大きな手が好きだと感じた。そして、自分をすっぽりと包みこんでしまう広くて逞しい胸も。

全身の力を抜いて寄りかかってもビクともしない体も、ふざけてヒョイと抱え上げられる肩もみんな好きだった。

意地の悪いことばかり言うくせに、自分を見る瞳が優しいことを知っている。

セックスのあとのちょっとした戯《たわむ》れや、仕事をする我王に凭れかかりながらテレビを見るなんでもない時間が大切だった。

もちろん、そんなことは今まで意識もしなかったし、自分がそんなふうに感じているなんて気がつかなかったけれど。

そんなことを考えながらひとしきり気がすむまで泣いて、樹は我王にしがみついた腕にギュッと力を込める。

「オレ…オレ、我王のこと、好きだ」

涙はなんとか止まったが、まだ感情は高ぶったままだ。

しゃくり上げながら一生懸命になって訴える樹に、我王はポンポンと優しく背中を叩いてくれる。

「よしよし、ようやく認めたな。オレも、好きだぞ。お前のその、鈍くておバカなところも含めてな」

「…………」

それは、なんだかちょっと嬉しくないぞと、樹は顔をしかめる。

人がせっかくがんばって告白をしているのに、そんな返事の仕方はないんじゃないかと不満だった。

「その言い方、なんか嫌なんだけど」

「そうか？」

我王はクスクスと笑い、樹の頬に何度もキスをする。ついでに涙の跡をペロリと舐められ、濡れた頬を綺麗にされた。

「いつまでもこんなところにいても仕方ない。帰るぞっ」

「うん」

小さいとはいえ公園で、誰でも入れるオープンスペースだ。確かにここは話をするのにも、それにそんなふうに頬にキスをするにも向いていない。

我王は樹を腕から離し、一歩下がったところでその格好を眺めて何か言いたそうな表情を浮かべた。

下ろされていたジーンズのジッパーは上げたし、シャツの前も掻き合わせていたが、ひどい格好であるのは間違いない。

泣いて、腫《は》れぼったい目をしているとなれば尚更だ。

「歩けるか？」

「んっ、平気……」

靴下だけしか履いていないのを、我王は心配しているらしい。

一体自分がどれくらいの距離を走ったのか知らないが、ガラス片などを踏まずにすんだのは運がよかった。おそらく靴下の裏は真っ黒で捨てるしかない状態だろうが、怪我はしていないのだから問題はない。

我王は、車に向かって歩き出そうとした樹の体をヒョイと抱き上げ、急ぎ足で車まで歩き、助手席に樹を下ろした。

「………」

腰のあたりに当たっていた我王のものがちょっとした昂ぶりを見せていて、顔を赤くした樹はそちらのほうを見られない。

我王が自分に欲情しているのだと気がつき、うっかり自分もそんなような状態に入り込んでしまったのである。

愛撫の一つもされていないのに反応し、あまりの恥ずかしさに反対の方向を見ることしかできなかった。

「………」

「………」

車は発進したが、二人の間にはなんともいえない沈黙が横たわる。妙な気恥ずかしさの漂う、微妙な沈黙だ。

晴天の中、海が綺麗な光を弾き、景色が流れていく。

普段ならドライブ中いろいろと喋る二人だが、このときばかりは無言で自らの欲望と戦っていた。

「まいったな……」

「………」

ポツリとした呟きが何を意味するか分かっていても、答えることはできない。

チラリと視線を我王のほうに向けてみれば、我王はこれ以上ないほどの渋面でひたすら前だけを向いていた。

国道沿いにはラブホテルが多い。

何軒かいかにもそれらしい建物を見つけていた二人は、チラチラとそちらのほうに目をやって窺うような視線を互いに向ける。

バチリと、絶妙のタイミングでぶつかった。

「入るか？」

「……うん」

次に見つかったら…と無言のうちで探し、現れたラブホテルに車を入れる。

車ごと入れるシステムはありがたいが、いかにもラブホテルといった外観は露骨《ろこつ》かつ下品だ。ピンクの外壁というのもすごいものがある。

しかしいつもなら絶対に入らないだろう外観にもかかわらず、二人はそこで良しとした。

贅沢をいっていられるような状態ではなかったのである。早く互いを確かめたくて仕方なかった。

なだれ込むように部屋に入り、抱きしめ合う。

どちらからともなくぶつかるように合わさった口付けは、始まりからいきなりのディープキスだ。

まるでここ数日の元を取るように貪って、ようやく離れたときには息が上がっている状態である。

ジッと見つめ合い、樹はホッと吐息交じりに呟く。

「やっぱり、我王がいい……。オレ、葉のこと好きだけど…すごくすごく大切だけど……。

でも、エッチなんてできない。胸にキスされて、跡つけられて…ようやくはっきり分かったんだ。あんなこと、我王以外のやつなんかとできないって」

「樹……」

我王は笑みを浮かべ、今度は優しい…チュッチュッと啄むようなキスをする。

「ようやく分かってくれて、嬉しいよ。そのきっかけが葉に襲われたからっていうのは気に入らないけどな。そもそもどうしてあいつと旅行に行くことになったんだ？　いくらお前を置いて彼女を送っていったからって、家を出るほど怒ることはないだろう」

「それは、成り行きっていうか…葉に、誘われて……。でもその言い方だと、オレがすごく短気みたいじゃないか。我王が全然電話を寄越さないのが悪いんだぞ。家まで送るだけなのに、あんなに時間がかかるはずないだろ」

「ああ、あれには俺もまいったよ。事情を説明するために途中で連絡を入れたのがまずかったのか、彼女の両親が気合入りまくりで待ち構えててな……。なんだかんだと引きとめられて、帰してもらえなかったんだよ。親父の大切な取引先の相手でもあるし、まさか力づくで強行突破するわけにもいかないだろう？」

どうやら娘婿に狙われているらしいと苦笑しながら言うのに、樹は思ったとおりだと鼻に皺を寄せる。

「そんなことじゃないかと思ってたんだ。……もしかしたら、前の恋人のうちの一人かもとも思ったんだけど……」

不安そうに、窺うような視線で我王を見る。

我王は肩を竦めて否定した。

「それはない。俺は、ああいう思い詰めるタイプは苦手なんだ」

「綺麗な人じゃん」

「だからって好きになるわけじゃないだろう？　それに好きなタイプだからって、惚れるわけじゃないしな。樹のことを可愛いと思ったし、俺に近づけまいとするあの二人に対するあてつけもあって構っていたんだが、気がついたら甘やかしたくてたまらなくなってたぞ。本気で惚れるには、面倒な相手だと思っていたのにな」

「それって…あの二人がうるさいから？」

「いいや。そんなものは、どうにでもなる。そうじゃなくて…つまり、お前はずっと構っててやらないと拗ねるだろう？　すぐによそ見もしそうだし、隙があるから一人で放っておくと悪い虫もつきそうだ。心配で一人にしておけないっていうのは、俺にとってはなかなか厄介なんだぞ」

構ってもらわないと拗ねるという部分に関しては否定できないが、それ以外については心外である。

樹はムッとして否定した。

「なんで？　オレ、よそ見なんかしないぞ。それに、隙だってないしっ！　こう見えて意外としっかりしてるんだからな」

「……」

そう言い張る樹に、我王は胡乱《うろん》な視線を向ける。思いっきり樹の言葉を否定した、信じていない目つきだ。

「まぁ、そのあたりは見解の相違《そうい》ってことで。そんなことより俺は、お前が一体どこまでやられたか気になるんだが……」

「え？」

「葉のやつに、どこまでやられたんだ？」

「べ、別に…そんな大したことは……」

うっと怯む樹に、我王は意地の悪い視線を向ける。

「確か、『やられそうになったけど、やられてない。下着にも手を突っ込まれてない』だったな。だが、そのわりにはえらく派手にキスマークをつけられてるじゃないか」

「ううっ……」

見られないようにシャツの前を掻き合わせていたのに、しっかりチェックされていたらしい。

「だから…これは押し倒されたときにつけられて……。やられてないって言っただろ！やられてないったら、やられてないんだっ!!」

「じゃあ、確かめさせてもらおう」

「はっ？」

それはどういう意味か問いただす間もなく、樹のシャツが脱がされる。そしてジーンズも下着ごと一気に取り払われ、ボスンとベッドになぎ倒された。

「わわわっ！」

慌てて起き上がろうとする樹の体はいとも簡単にうつ伏せにひっくり返され、尻を高く上げられる。ついでに趣味の悪いハート型の枕を腹の下に二つも突っ込まれた。

自然と浮き上がる双丘が左右に割られ、樹の顔は真っ赤になる。

我王の視線を感じたかと思うと濡れた指が潜り込んできて、中を探るように動かされ、更には指で開かされた。

「うん、確かに突っ込まれてはいないようだな。中は濡れてないし、お前はここの赤みが増すからすぐに分かるんだ」

「なっ……！」

人の恥ずかしい部分をマジマジと凝視して、あまつさえ指でいじくり回しながらの発言である。デリカシーのカケラもない我王に、樹はキーッとヒステリーを起こす。

「なんだよ、それっ！　そんな確かめ方ってありか!?」

「一番てっとり早いし、確実だぞ。お前もすっきり疑いが晴れて嬉しいだろう？」

「嬉しくないっ!!」

後ろを振り返りながら怒鳴ると、腕を引っ張られて抱きしめられる。膝立ちのまま唇が重なり、舌が絡まりあった。

激しくも濃厚なキスと、小さな尻臀《しりたむら》を揉み込む手。

「んんっ」

抱き合いたかったのは我王だけではない。もともと樹も欲しくなっていたこともあって、肌が触れれば興奮する。

我王に慣らされた体はその愛撫の手順を覚え込み、後ろで達する気持ち良さも覚え込まされている。

期待に胸が震え、体が勝手に反応する。

まだろくに触られてもいないのに乳首はピンと立ち上がり、ペニスもまたユルユルと大きくなりつつあった。

嬉しそうに笑われても、早く触って欲しくて怒るどころではない。

我王だってすでに大きくしているくせに、自分ばっかり余裕のあるところを見せるのが憎たらしかった。

ムッとした樹は、不意をついてドンと我王の胸を押す。

驚いたところに頭を下げ、かなりの大きさを見せる我王のペニスに手を伸ばす。そして躊躇することなく握り締めた。

「お、おいっ」

いつもは我王にされるばかりで自分からしたことはないが、大体のやり方は知っている。要は、自分がやられて気持ちよかったふうにすればいいのである。

樹は眉間に皺を寄せた真剣な表情で、自分とはまったく違う大きさを持った我王のものを両手に包み、上下に扱いてみた。

グンッと、ますます膨らむ。

こんなふうに間近でマジマジと見たことはなかったが、赤黒くて巨大なそれが自分の中に収まるのが信じられない感じだ。

でも先端から白い液体を零したり、樹の上手いとはいえない愛撫でピクピクと震えるところはちょっと可愛いかもしれない。

面白くなってきた樹は、思いきってさっきよりも強く扱いた。

我王のものがパンパンに膨れ上がる。それに、快感の低い呻き声も。

「ううっ…クソッ！　生意気になりやがって！」

セックスのときは常に主導権を握っていた我王が、初めて焦ったような表情を見せた。

おまけに下半身はこれ以上ないほど高ぶっている。

上手くすればこのまま達かせてしまえるんじゃないかと、樹は拙《つたな》いながらも一生懸命に手淫をしてみせた。

しかし、もう少し…というところで、我王の手が樹の手を掴んで外させてしまう。そしてそのまま仰向けにひっくり返されて、天井が目に入る。

これで立場は逆転だ。我王に上から覆い被さられてしまっては、樹に押し返すことなどできはしない。

「ずるいっ！」

達かせてやろうと思ったのに…という抗議は、ペニスを口に咥えられるという逆襲に遭って声にすることができなかった。

熱くなった体に、強すぎる刺激だ。

余裕のない我王の口淫は直接的かつ激しいもので、先端に歯を立て、強く吸いつき、指は早くも樹の後孔を拡げ始めている。

前も後ろに同時に攻められ、その刺激は強烈なものだった。

「あっ、あっ、あんっ……！」

樹はとてもではないが抗《あらが》うことなどできず、あっという間に快感の中へと飲み込まれていった。


久し振りかつ、盛り上がってのセックスには度を越したところがある。

途中から、樹は自分が何度欲望を吐き出したのか分からなくなったし、何度注がれたのかも覚えていなかった。

体力の限界に挑まされ、軽く失神してようやく許されるという感じだ。

目を覚ましたときはまだ裸のままで、天井の柄も、ケバケバしい室内の様子にも見覚えはない。

そういえばラブホテルに入ったんだと思い出すまで、少しばかり時間が必要だった。

「大丈夫か？」

「うっ…オレ、気絶してた？」

「ま、軽くな」

「ふうっ……」

久し振りのだるさだ。

最後に我王に抱かれてから五日が経過しているし、我王はいつも樹の体を気遣いながらだったのでこんなふうに無茶をされたことはない。

関節がギシギシいう感じに顔をしかめながら樹は上体を起こすと、う～んと大きく伸びをする。

「はふ～…」

息を吐いて体から力を抜き、恨めしそうに我王を睨みつけた。

「なんか、腰痛いんだけど……」

「ああ、久し振りだったからな。お前があいつと雲隠れなんてしたおかげで、俺のほうもかなり煮詰まってたし」

「雲隠れって…ちょっと旅行に行ってただけじゃん。落ち込むオレを、葉が見かねて連れ出してくれたんだぞ」

「それで、ちょっと襲われたのか？」

「うっ…それを言われると……」

途端に樹は情けない表情になる。それと同時に、これからどうやって葉に接すればいいのかと困惑もした。

我王とは丸く収まったが、葉とはそうではないのである。

葉が自分に対して肉親以上の感情を持っていても、樹にはそれに応えることはできない。だがそれでも葉は大切な弟だし、これからもずっと家族なのだ。

「我王……」

「うん？」

「オレ、葉にどうすればいいと思う？」

「そうだな……」

その質問に、我王は考え込む様子を見せる。

やはり我王でも難しい問題なのかと思っていると、フイッと顔を上げて「お前は何も言うな」と言った。

「えっ？……何も言うなって…そういうわけにはいかないと思うんだけど」

「まずは、俺がやつと話す。いくらこうしたほうがいいなんてアドバイスしても、お前に葉が説得できるとは思えないからな。また押し倒されても困るし。そうなったら、今度こそ未遂《みすい》じゃすまなくなるぞ。俺があいつと話して、納得させるさ」

そんなことを言う我王の表情には、だいぶ物騒《ぶっそう》なものがある。本当に話だけなのか疑問に思わせる顔つきだ。

樹は葉が殴られるんじゃないかと心配になった。

「ダ、ダメだよ！　葉を傷つけるようなことしたら、怒るからな。葉だけじゃなく、オレだって悪かったんだから」

「そんなのは、俺だって知ってるさ。鈍すぎるお前も悪い。疎《うと》いにもほどがあるってもんだ。俺だって、あいつに同情する気持ちがないわけでもないんだ。だから、殴ったりはしないさ。あいつが身を引けるよう、きっちりと説明するだけだ」

「本当に？」

「ああ。任せておけ。ただ、そのあとで、お前もあいつと話す必要はあると思うがな。そのときは、きちんと俺のことが好きだと言えよ？　もう自覚したんだろう？」

「うん、まぁ……」

「それでようやく、あいつも自分の気持ちに幕が引けるんだ。そのあたり、重要なことなんだからな」

「わ、分かった」

真剣な表情で念押しをされて、樹はコクコクと頷く。

しかしまだ疑わしそうな視線を向けるので、樹はペッタリと抱きついて言った。

「大丈夫。ちゃんと、自覚してるから。オレ、我王のこと好きだよ。だから葉にもそう言えるし、お父さんにだって言える」

「そうか」

素直に心情を吐露《とろ》すると、我王は嬉しそうな顔を見せる。

だが樹としては、ここでしっかり釘を刺しておきたかった。

「でもね、我王。そうなったら、我王だって大変なんだよ？　お父さんと葉に言うっていうことは、つまり恋人宣言するってことだろ？　オレが我王のこと好きだからって言ったら、渋々でも認めてくれるとは思うけど…でも、もし我王がオレのこと捨てたりしたら、うちのお父さんと葉が呪いかけるよ」

「………」

その言葉に、我王は笑い損ねたようなおかしな顔になる。笑顔がピシリと凍りつき、ひきつっていた。

「……冗談になってないぞ」

「冗談じゃないから。あいつら、オレのこと大好きだもん。葉も、今までみたいに我王がオレのことを弄んでるだけだったら、末代まで呪ってやるって言ってたし。それでなくても我王にツマミ食いされる、ツマミ食いされるってすごい心配してたんだからな。本当にツマミ食いされたら、絶対に呪う。二人がかりで呪いまくるぞ」

「………」

「怖いだろ？　オレも、葉がそう言ったとき、すごく怖かった。オレ、そういうの苦手だし。その点、ほら。あの二人は我王に呪いかかるまで執念深く呪いそうじゃん？」

「……冗談になってない」

「いや、だから、本当のことだし。我王、大変だなぁ」

あの二人に呪われるのはちょっと怖い。それにテレビか何かで、呪いで人が死んでも罪にはならないと見たことがあった。

それこそ人生かけて呪いそうだと思うと、思わずしみじみと我王に同情してしまう。

我王はそれに苦笑する。

「まぁ、要は捨てなきゃいい話だ」

「それはそうだけど……」

我王はひどくもてるようだし、これまでの恋愛遍歴におけるサイクルは長くても一年というところだったらしい。

何も我王を疑うわけではないが、あの二人にあんまりにも遊ばれる遊ばれる言われたせいで、少々トラウマ化している部分がある。

我王はそんな樹を膝の上に抱っこし、髪にキスをしながら囁く。

「樹を捨てたりしないぞ。そんな、もったいない。ようやく出会って、手に入れたんだからな。あんな鬱陶《うっとう》しい大舅と小舅つきでも欲しいと思ったんだ。それって、すごい覚悟じゃないか？」

「う〜ん、確かに…オレだったら、ちょっとごめんなさいかも」

「だろう？」

「うん」

あやされるような気持ち良さに体から力を抜いていた樹だが、顎を指で摘まれて優しく上を向かされる。

我王が真摯《しんし》な目で樹を捉えている。

「……お前が可愛い…とても、愛おしい…俺の言葉を信じろよ」

「………」

ジッと見つめられての甘い囁きに、樹は頬を染める。

「オレも、我王が好きで、すごく大切。信じる？」

「ああ、もちろん」

——見つめ合い、そしてキス。

二人は互いをギュッと抱きしめると、飽きずに何度も何度もキスを繰り返した。

■あとがき■

こんにちは〜。この度は『ナイショの時間』をお手に取ってくださいまして、どうもありがとうございます。この本は、溺愛《できあい》するパパと弟に秘密で、こっそりお付き合いを進める、まさしく「ナイショな時間」を過ごす二人の話なのでした。

双子という存在は、何やら特別な感じがして好きです。でも、その二人をカップルにしようとは思わないのですが。彼らには、「俺たち特別だよね〜」みたいな感じでくっついて、攻めをヤキモキさせてもらいたい。我王《がおう》はこれから、葉《よう》に早いところ相手を押しつけようと、次から次にいい男やらいい女やらを紹介しまくるかもしれません。でないと、樹《いつき》が取られちゃいそうで怖いから(笑)。我王と樹が上手くいってしまったのちも、葉はせっせと二人の邪魔をしようと樹を誘い出すのでした。

なんだか、ものすご〜く久し振りにお仕事しました。こんなにサボっててていいんだろうか(よくない……)というくらいサボり、毎週映画を観に行っていた私。何しろ水曜日はレディースデー。千円で観られるありがたい日。近いので私は歌舞伎町に行くのですが、映画館が一つ所に集まっているのでとても便利です。オシャレなシネコンなんてない代わりに、さほど混まないという利点があったりして（笑）。レディースデーでも、隣に他の人が座ったこと、一度もありません。広い映画館に十人くらいしかいなかったときもあって、さすがにちょっと寂しかった……。今はもうちょっとマシなペースでお仕事をしているので映画館に行く回数も減りましたが、それでも気分転換を兼ねてちょこちょこと出かけています。やっぱり大スクリーンはいいですね。

イラストを描いてくださったこうじま奈月《なづき》さん、どうもありがとうございます♡　キャラデザインと表紙のラフはいただいていて、いつものことながら、「いや〜ん、素敵♡♡」なのでした。我王はカッコよく、樹は可愛い♡　ちゃんと、葉とは表情が違うんですよ。パパもせっかく渋くて素敵に描いてもらっているのに、残念ながら中身はわりと情けなかったりして（笑）。ああ、彼らが絵になるのを見られるなんて嬉しいです。もう、出来上がりが楽しみで楽しみで♪　本当に、ありがとうございました〜♡

春先になると、いつも花見に行きたいな〜…とか呟いてみたり。近場では、新宿御苑がお気に入り。あそこでボーッとするのは気持ちがいいです。入場料を取ってきちんと管理しているからとても綺麗だし、アルコール禁止なので酔っ払いがいないのが嬉しい。花見でお酒を飲むのは好きなんですが、家に帰るのが面倒になって困ります。どこかのお宿で、日本酒を飲みつつ花見を楽しみたいなぁ。夜桜もまたよしですよ。
なんだか、いつも旅に出たがっている私ですが、やっぱり今も行きたいです。温泉、温泉、伊豆、箱根。一年中、呪文のように唱えています。年に二回も三回も行けば充分なはずなのに、帰ってくるとまた行きたくなるのですよ。温泉はいいです。お外もご飯も楽しい。温泉に行くのを心の励《はげ》みにがんばりますので、よろしかったらまた読んでやってくださいませ～。よろしくお願いします♪

四月　若月京子

http://blogs.dion.ne.jp/kyokowakatsuki/

LAPIS

ナイショの時間《じかん》

この作品を読んでのご意見・ご感想をお待ちしております。
若月京子先生には、下記の住所にて、
「プランタン出版ラピス文庫　若月京子先生係」まで
こうじま奈月先生には、下記の住所にて、
「プランタン出版ラピス文庫　こうじま奈月先生係」まで

著　者――若月京子（わかつき　きょうこ）
挿　画――こうじま奈月（こうじま　なづき）
発　行――プランタン出版
発　売――フランス書院
東京都文京区後楽1-4-14　〒112-0004
電話(代表)03-3818-2681
(編集)03-3818-3118
振替　00180-1-66771
印　刷――誠宏印刷
製　本――小泉製本

ISBN4-8296-5394-9　C0193

URL=http://www.printemps.co.jp

LAPIS-LABEL

恋の誘惑、愛への一歩

若月京子

方向音痴な真雪《まゆき》は学校の中で迷子になっているのを助けてくれた天勝《てんしょう》に生徒会の仕事を頼まれて大張り切り。下心のある天勝だったが、警戒心の欠如した真雪になかなか手が出せなくて…!?

イラスト／桃季さえ

恋は迷惑！ 愛は前進!!

若月京子

生徒会長の暁人《あきと》に一目惚れした沙雪《さゆき》は強引な性格からかけ離れた容姿を活かして暁人に接近。暁人を言いくるめてはキスも添い寝もする仲になるが、暁人を攻略する沙雪に思わぬ誤算が!?

イラスト／桃季さえ

ラピスレーベル

LAPIS-LABEL

とまらない恋愛時間

若月京子

律《りつ》は5歳下の鷹雄《たかお》に押し倒され、脅されて関係を続けていた。大学進学を機に逃げたものの、4年後やっと ありついた就職先は鷹雄の通う高校で。着々と鷹雄に包囲されていく律だが…!?

イラスト／明神 翼

恋の道は危険がいっぱい

若月京子

忍者の末裔《まつえい》である忍信《しのぶ》が祖父から命じられて忍びこんだのは、忍信が通う高校の副会長、壬生《みぶ》の家だった！ドジをして捕まった忍信はなぜか壬生に気に入られ、翻弄《ほんろう》されて逃げられない!?

イラスト／明神 翼

ラピスレーベル

LAPIS-LABEL

愛妾綺譚
～甘く狂おしい夜に～
鈴木あみ

没落した伯爵家の令息であった由蔓《ゆづる》は、借金の形《かた》のようにして、十河《そが》財閥の御曹司で幼馴染みの鷹史《たかふみ》付きのメイドにされる。陵辱のように身体を暴《あば》かれ鷹史を憎みたい由蔓だが…。

イラスト／一之瀬綾子

極・恋

日向唯稀

バイト中に媚薬のせいで欲情した難波《なんば》は、偶然居合わせたヤクザの雰囲気をまとう会社社長・市原《いちはら》にいかされ――!?　刺青に心と肉体を拘束された、大人×高校生の極道ラブストーリー！

イラスト／藤井咲耶

ラピスレーベル

作品募集のお知らせ

ラピス文庫ではボーイズラブ系の元気で明るいオリジナル小説＆イラストを随時募集中！

■小説■

- ボーイズラブ系小説で商業誌未発表作品であれば、同人誌でもかまいません。ただしパロディものはすべて不可とします。また、ＳＦ・ファンタジー・時代ものは選外と致します。
- 長編：400字詰縦書原稿用紙200枚から400枚以内。
- 中短編：400字詰縦書原稿用紙70枚から150枚以内。
- ワープロ原稿可（仕様は20字詰20行）。400字詰を1枚とし、通しナンバー（ページ数）を入れ、右端をバラバラにならないようにとめてください。その際、原稿の初めに400～800字程度の作品の内容が最後までわかるあらすじをつけてください。
- 優秀な作品は、当社より文庫として発行いたします。その際、当社規定の印税をお支払いいたします。

■イラスト■

- ラピス文庫の作品いずれか1点を選び、あなたならその作品にどういうイラストをつけるか考え、表紙イラスト（カラー）・作中にあるシーンとＨシーンのモノクロ（白黒）イラストの計3点を、どのイラストにも人物2人以上と背景（トーン不可）を描いて完成させてください。モノクロイラストは作中にあるシーンならどのシーンでもかまいません。イラストはすべてコピー不可です。
- パソコンでのカラーイラストは、CMYK形式のEPSフォーマットで解像度は300dpi以上を目途にMOで郵送してください。モノクロイラストはアナログ原稿のみ受付けております。
- サイズは紙のサイズをＢ５とさせていただきます。
- 水準に達している方には、新刊本のイラストを依頼させていただきます。

◆原稿は原則としてすべて返却いたしますので、原稿を送付した時と同額の切手を貼り、住所・氏名を書いた返信用封筒を必ず同封してください。

◆どちらの作品にも住所・氏名（ペンネーム使用時はペンネームも）・年齢・電話番号・簡単な略歴（投稿歴・学年・職業等）を書いたものをつけてください。また、封筒の裏側にはリターンアドレス（住所・氏名）を必ず書いてください。

◆イラストの方は、どの作品のイラストを描いたのかも必ず書いて下さい。

原稿送り先

〒112-0004　東京都文京区後楽 1-4-14
プランタン出版
「ラピス文庫・作品募集」係

ラピスレーベル